UAO

Universale d'Avventure e d'Osservazioni

Manlio Castagna
Darkmare. Notte infernale al parco del cinema

ISBN 979-12-221-0383-9
Prima edizione gennaio 2024
ristampa 8 7 6 5 4 3 2 1 0
anno 2028 2027 2026 2025 2024

A story by Book on a Tree
www.bookonatree.com

Già pubblicato in una precedente edizione
con il titolo *Grosso guaio a Cinecittà World*

Disegno di copertina: Kalina Muhova

La citazione a p. 208 è tratta dalla canzone *Paint It Black* dei Rolling Stones.
Testo e musica di Keith Richards e Mick Jagger
℗ 2013 ABKCO Music & records, Inc.

MISTO
Carta da fonti gestite in maniera responsabile
FSC® C021883

Il marchio FSC® garantisce che questo volume è realizzato con carta proveniente da foreste gestite in maniera corretta e responsabile e da altre fonti controllate, secondo rigorosi standard ambientali, sociali ed economici. L'FSC® (Forest Stewardship Council®) è una Organizzazione non governativa internazionale, indipendente e senza scopo di lucro, che include tra i suoi membri gruppi ambientalisti e sociali, proprietari forestali, industrie che lavorano e commerciano il legno, scienziati e tecnici che operano insieme per migliorare la gestione delle foreste in tutto il mondo. Per maggiori informazioni vai su https://ic.fsc.org/en e https://it.fsc.org/it-it

Manlio Castagna

Darkmare

Notte infernale al parco del cinema

ROMANZO

Gallucci BROS.

Capitolo 1
Un certo Emile Ducrau era stato pugnalato

Il 29 aprile non andai a scuola. E fu l'inizio di tutto.

Mi svegliai lentamente, senza traumi. Restai fermo qualche minuto per far evaporare il sonno. Non avevo alcuna voglia di alzarmi.

Mia madre era già andata al lavoro, quindi ero solo a casa con mio padre.

Da qualche mese la sua vita era diventata entusiasmante come quella di una spugna marina attaccata al fondale oceanico. Era stato licenziato a gennaio e da allora, giorno dopo giorno, si era adagiato negli abissi del letto. Ormai vegetava nello spazio sottovuoto delle lenzuola. Mamma diceva che dovevo essere paziente. Papà era depresso.

All'inizio non capivo esattamente cosa significasse, ma a furia di vedere la gioia di vivere sgocciolare via da lui, me ne ero fatto un'idea.

In un compito in classe d'italiano avevo perfino provato a spiegarlo:

> La depressione è quando non hai nemmeno la forza di alzarti dal letto perché tutto ti fa schifo. Quando preferisci il buio alla luce. Il silenzio al suono. Quando una pizza finisce per avere lo stesso sapore di una purea di broccoli.

La prof di italiano mi diceva sempre che se solo fossi stato meno pigro avrei potuto scrivere compiti in classe almeno passabili. «Sono così corti che non sono temi, sono messaggi di WhatsApp».

Ero già in ritardo. Avrei dovuto darmi una mossa e prepararmi in fretta per recuperare.

"Oggi non vado a scuola" pensai semplicemente, e mi sentii subito meglio.

Mi vestii con le prime cose che trovai sparse sul pavimento. La T-shirt arancio con la scritta "Game Over" era impregnata di un vago puzzo di sudore.

La indossai senza pensarci due volte, assieme a dei jeans su cui c'erano macchie risalenti al paleolitico. Infilai al volo le scarpe così ammortizzate da sconfiggere la legge di gravità e mi avviai verso la camera dei miei.

Papà guardava la tv. Ipnotizzato. Sopra di lui il crocifisso dorato sembrava raccogliere su di sé tutta la luce della stanza. Fissai il piccolo Gesù inchiodato e addolorato, ma lui non mi restituì lo sguardo. Mi sentii completamente ignorato. E ne fui felice.

«Pa', vado a scuola» mentii con la solita facilità.

«Ok. Divertiti» rispose con una voce da zombie.

«Sì… penso di dar fuoco ai registri di classe, oggi»

«Ok, comportati bene».

Fine del dialogo.

Parlargli voleva dire buttare le parole dentro una palude di catrame. Gli lanciai un'altra occhiata, più deluso che dispiaciuto.

Chissà dove era finito mio padre. Quello vero, intendo (non la spugna di mare che aveva preso il suo posto).

***

Avevo sviluppato una passione strana a quei tempi. Forse non si può definire proprio una passione, ma non saprei come altro chiamarla.

Andavo alla ricerca di libri, romanzi gialli più che altro. Li cercavo con cura nelle librerie o meglio ancora nei mercatini. Non li leggevo, però, al massimo li sfogliavo.

Una volta scelto il titolo giusto, stavo bene attento a non farmi notare da nessuno. Trovavo un angolo appartato. E lì compivo il mio piccolo atto rivoluzionario. O semplicemente realizzavo il mio scherzo, tanto divertente (per me) quanto crudele (per gli altri).

Strappavo le ultime due pagine del libro.

Un taglio netto.

Un suono deciso, acuto, corposo: il grido di dolore della carta.

Immaginavo la faccia del lettore sconosciuto che si gustava tutta la storia per arrivare alla soluzione finale.

La fatica di aver seguito le indagini per trovare finalmente il colpevole. L'ansia di correre verso le ultime parole per scoprire chi si nascondesse dietro il mistero. Poi…

Zac!

Niente finale.

Niente colpevole.

Niente svelamento del mistero.

Ridevo dentro di me come il *villain* in un film di supereroi.

Lo so: non è qualcosa di cui vantarsi. Ecco perché lo tenevo per me. Era il mio piccolo segreto, il mio lato oscuro. Tutti noi dovremmo coltivarne uno.

Quella mattina, uscito dal mio palazzo, invece di dirigermi a destra verso la scuola, presi la direzione opposta. L'aria fresca della primavera era carica dei canti di uccelli invisibili. Fissavo le mie scarpe da ginnastica, invece, cercando di non incrociare gli sguardi delle persone. Un ragazzino con lo zaino sulle spalle, per strada dopo le otto e mezza, è sospetto.

***

Era lunedì, sapevo che doveva esserci un mercatino dell'usato dall'altra parte del fiume, così mi avviai percorrendo i vicoli stretti e desolati. La prudenza non è mai troppa, quando la missione è marinare la scuola.

Speravo ci fosse la bancarella del vecchio don Girolamo, zeppa di libri di ogni tipo. Usati per lo più, tirati fuori da chissà quali magazzini o soffitte polverose. Avrei trovato quello che cercavo poiché aveva tutta una parte dedicata a polizieschi, gialli e thriller. Manna dal cielo per uno *strappatore seriale* come me.

Quando arrivai, il mercatino sonnecchiava. La folla ci avrebbe raggiunti più tardi. Intanto si era alzato un vento improvviso, di quelli che sgorgano direttamente dal suolo, che si divertono a scombinare le carte e gonfiano i sacchetti abbandonati in terra, rendendoli simili a meduse volanti. Sembrava attraversarmi il corpo.

Per un attimo ebbi il desiderio di essere trasportato anche io in aria. Fu un pensiero momentaneo che scomparve alla vista della bancarella di don Girolamo.

Lo chiamavano tutti così, anche se non era un prete.

Era un signore decisamente anziano che se ne stava sempre seduto accanto ai suoi libri. Un grosso cappello di paglia calcato in testa, occhiali da sole e un paio di calzoni corti: buoni per qualsiasi stagione.

«Niente scuola, Guido?»

La sua voce crepitava e l'accento napoletano faceva sembrare canzoni le sue domande.

«Buongiorno, don Girolamo. No, ieri c'è stata un'infestazione e ci hanno dato due giorni di vacanza»

«Infestazione? E di cosa? Topi?»

«No, insetti. Tipo cimici con la maglietta del Milan. Ha capito quali intendo, con il dorso rosso e nero a strisce».

A volte mi meravigliavo da solo. Avevo una capacità di sparare bugie a raffica che rasentava la perfezione.

Mi veniva facile.

La verità è che mi è sempre piaciuto raccontar balle. La vita è piatta e insapore come un piatto di sogliole bollite, se non c'è un po' di fantasia a dare gusto.

«Ho capito» disse lui con lo sguardo già lontano, oltre me.

Chissà a cosa pensava.

Scrollai le spalle e ne approfittai per dare un'occhiata tra i libri, indisturbato.

***

La chiusa n.1 di George Simenon.

Ecco la mia vittima.

Lo scrittore francese era una sicurezza. I suoi libri andavano a ruba, lo sapevo per esperienza e perché me lo aveva detto don Girolamo. Non avevo dubbi che molto presto qualcuno ci avrebbe messo le mani sopra.

Copertina gialla, bande rosse sui lati, l'illustrazione in un cerchio di un uomo anziano che pareva stesse annegando. Era il volume giusto.

Non dovevo farmi notare da don Girolamo. Con gli occhiali da sole era più difficile capire la direzione del suo sguardo.

Diedi una scorsa veloce alle pagine: mi piaceva assaggiare e conoscere un po' meglio le mie "vittime", i libri che avrei profanato.

Un certo Emile Ducrau era stato pugnalato. Poi c'era il solito commissario Maigret, Aline, Gassin e così via.

Finalmente mi sentii al sicuro, don Girolamo non badava a me. Attesi il tempo di un battito di cuore più sonoro. La pelle delle mie dita frizzava.

Strappai le due pagine finali.

Un colpo secco, calibrato con cura.

Misi in tasca i fogli amputati.

"Mio caro lettore, che bella sorpresa ti aspetterà alla fine della lettura. Non saprai mai chi ha affondato la lama nelle spalle del signor Ducrau" pensai con soddisfazione.

Poi avvenne qualcosa.

Tra i tanti volumi sparpagliati sul banco, uno agguantò la mia attenzione. Il vento che avevo sentito arrivando al mercatino stava voltando le pagine di un libro. Solo di quello specifico libro, neanche ci fossero dita invisibili a sfogliarlo.

Fu una mia impressione, ne sono certo: sembrava che si levasse un sussurro dalle pagine. Abbandonai *La chiusa n.1* al suo destino, lasciandolo in bella mostra sopra agli altri libri e afferrai il volume che mi stava chiamando.

Sulla copertina rilegata in cuoio nerissimo spiccava il titolo.

Aveva caratteri bianchi e in rilievo, lucidi.

KLAUS VOYNIK

Storia di un regista maledetto

Più in basso, l'illustrazione di una fiamma così rossa e vivida, che mi spaventò l'idea di toccarla. Temevo potesse bruciarmi.

Nessun nome dell'autore, soltanto l'editore: "SOAT – Spook on a Tree".

Ne ero attratto. Quasi ci fosse dentro una promessa d'avventura. E poi la parola "maledetto" era per me l'esca più appetitosa.

Don Girolamo me lo lasciò per 3 euro. Un regalo, praticamente.

Mentre andavo via, il vecchio ambulante mi trafisse con una frase che neanche la pugnalata nella schiena di Emile Ducrau.

«Guido, ricordati: si mente solo quando si ha paura; ma ogni volta che diciamo una bugia, ciò che temiamo diventa più forte».

Pausa.

Mi voltai verso di lui.

«Stammi bene» concluse.

Risposi con un sorriso da ebete, la mia specialità. Dopo qualche passo smisi di pensare alle sue parole. Ero elettrizzato all'idea di leggere il libro appena acquistato. Non volevo aspettare di tornare a casa, tanto più che, prima di tutto, non potevo nemmeno rientrare subito. Anche se mio padre non ci avrebbe fatto caso, avevo comunque marinato la scuola ed era più sicuro rincasare a un orario adeguato.

Così me ne andai in un piccolo parco non lontano, scelsi una panchina seminascosta da una siepe e mi misi a sfogliare il libro su Voynik, il regista maledetto.

Avrei fatto meglio a non toccarlo nemmeno, visto ciò che scatenò.

O forse dovrei esserne grato.

Perché fu così che vissi la più incredibile avventura dei primi dodici anni della mia vita.

Capitolo 2
La gatta frettolosa fece i gattini ciechi

Mentre leggevo, mi sentivo come sotto una campana di vetro.

Nessun suono mi raggiungeva, nessun profumo mi carezzava, nessun pensiero mi distoglieva dalle pagine. Seduto sulla panchina, con le gambe che stavano per mettere radici nell'asfalto, ero rapito dalla storia di Voynik.

Quel tipo era davvero fuori!

E la sua vita era raccontata dall'anonimo scrittore come se fosse un amico sempre presente nelle sue giornate.

Voynik era nato nel 1911 in un piccolo villaggio ai confini tra la Germania e la Polonia, figlio del guardiano del cimitero. L'episodio delle partitelle di calcio organizzate da lui e dai suoi pochi amici mi piaceva un sacco. Come palloni utilizzavano i teschi che il padre riesumava dalle vecchie tombe.

Il giovane Voynik aveva una passione bruciante per i film. Ai suoi tempi era tutto diverso. Non esistevano tv, dvd e tantomeno Netflix o roba del genere.

Per vedere un film bisognava andare al cinema. Stop.

E non era così semplice, specialmente per chi viveva in un villaggio dimenticato da Dio come quello in cui era nato Klaus Voynik. Così lui si divertiva inventando le sue proprie storie. Cupe, macabre, disperate. Faceva recitare la sorellastra Greta, che finiva uccisa nei modi più terribili ogni volta, senza sconti.

Era il mio nuovo idolo.

In paese presero a chiamarlo "Klaus Verrückt", cioè "Klaus il Matto", perché davvero ne combinava di tutti i colori: dormiva in una bara che si era fatto costruire su misura dal padre, mangiava solo carne, anche a colazione, e possibilmente quasi cruda.

Passava ore chiuso in una camera senza finestre, zeppa di oggetti e decorazioni sinistre e infilato sotto il tavolo su cui aveva disposto una tovaglia nera. Quella era la sua stanza dei giochi.

Disegnava benissimo: con un suo amico, figlio del falegname del paese, progettò e creò una ghigliottina in miniatura perfettamente funzionante. La usava per decapitare lucertole e altri piccoli animali.

In seguito, costruì un tunnel degli orrori all'interno di una casa abbandonata in periferia: si divertiva a farci entrare chiunque fosse disposto a pagare qualche moneta. Un paio di ragazze si spaventarono così tanto da gridare e piangere disperatamente. Alla fine, Klaus *Verrückt* Voynik fu costretto a chiudere l'attrazione e a lasciare il villaggio per andarsene nella città più vicina: Görlitz.

Mentre leggevo, al parco il vento cominciò a soffiare con più forza, trascinando nel cielo pascoli di nuvole color marciapiede sporco. Di lì a poco sarebbero esplose in una pioggia violenta.

Guardai il cellulare e mi accorsi anche che si era fatta l'ora di tornare a casa. Sarei rimasto lì a leggere fino alla fine dei tempi, a essere onesto.

Chiusi il libro e lo fissai perplesso. Ne avevo divorato già oltre la metà. In una mattinata avevo letto più pagine che nell'ultimo anno e mezzo. Incredibile. È proprio vero che, se vuoi amare la lettura, devi incontrare la storia giusta.

***

Non tutte le sorprese fanno piacere.

Quando mia madre mi sentì gridare si precipitò a vedere cosa mi fosse successo. Mi trovò con il libro aperto sulle gambe e la faccia che quasi mi esplodeva dalla rabbia.

«Guido, tutto bene?»

«No, tutto bene per niente!» risposi io, che ragliavo quando ero irritato.

«Cos'è successo? Perché urlavi come un pazzo?»

«Il libro...» le mostrai il volume su Voynik.

«Che ha che non va?»

«Manca l'ultimo capitolo»

«Eh? In che senso?»

«Qualche infido sanguisuga ha strappato le pagine»

«Non usare quella parola, signorino. Lo sai che non mi piace».

Tipico di mia mamma. Poteva collassare l'Universo, il riscaldamento globale mangiarsi tutto il ghiaccio della Terra, l'Apocalisse bussare alla porta, e lei si preoccupava di parolacce e roba simile.

«Voglio sapere come finisce la storia!»

«Guido Anselmo...»

Quando mia madre usava nome e cognome stava per calarmi in testa una bacchettata coi fiocchi, non c'era scampo.

«La prossima volta che urli, bada bene che sia per una giusta causa. Ne ho già abbastanza di svegliarmi alle sei del mattino, preparare la colazione per te e per tuo padre, badare...»

Smisi di ascoltarla. Feci scendere il famoso *scudo antilagna*, da me brevettato, per silenziare le parole di mia madre che, in quanto a lamentarsi, era una professionista da medaglia d'oro.

Alla fine, lei uscì dalla camera e io cercai di calmarmi e considerare la situazione. "Chi di strappo ferisce, di strappo perisce" pensai, usando le parole che mi avrebbe tirato contro mia nonna.

Ora sapevo esattamente cosa provassero le vittime dei miei scherzi. Almeno quelle che leggevano senza staccarsi dalle pagine fino all'ultimo, come avevo fatto io.

Ed era terribile.

L'immagine di mia nonna si materializzò nella stanza, come l'ologramma di Obi-Wan Kenobi in *Guerre Stellari* nel momento in cui, per la prima volta, si mostra a Luke.

Solo che la nonna non era un saggio combattente jedi generoso di informazioni utili alla battaglia, bensì una casalinga isterica che mitragliava frasi fatte a ogni occasione.

«Non fare mai agli altri quello che non vorresti fosse fatto a te».

Avrebbe detto così, sicuro.

***

L'ultimo capitolo del libro si intitolava *Walpurgisnacht* e doveva chiudere la seconda parte della biografia di Klaus Voynik, dedicata alla sua carriera come regista di film horror.

Be', carriera forse era una parola grossa.

Aveva collezionato una serie di flop così lunga che praticamente nessuno si era accorto del suo passaggio nel mondo del cinema. Le sue storie erano deprimenti e oscure, girate sempre con pochissimi soldi. Eppure, lo stesso autore misterioso del libro precisava che gli effetti speciali erano sempre così verosimili da far gridare al miracolo.

Per essere misterioso era misterioso forte Voynik.

Alla vita privata, nel libro, si accennava appena. Non era sposato. Non aveva fidanzate. Usciva rarissimamente e nell'unica foto inserita nel testo aveva più o meno vent'anni: pelle di un bianco lunare, volto scavato, enormi occhi vitrei, zigomi sporgenti, naso adunco e labbra carnose, capelli lisci e neri un po' sparati a caso.

Voltai pagina in fretta, era una di quelle facce che poi ti perseguitano negli incubi.

Ero arrivato alla parte "maledetta" del libro, quella che più mi aveva risucchiato nelle sue pagine.

A quanto pare ogni suo film era costellato di incidenti, strani fatti e talvolta tragiche sfortune.

Alcuni di quegli episodi erano raccontati nel capitolo *La maledizione di Minima Spettralia*, dedicato al suo ultimo film girato e montato. Quel set era stato un vero delirio. Furono ben quattro le persone che persero la vita durante le riprese o subito dopo.

Il primo fu un attore che interpretava l'inquietante reverendo Kaspar: fu colto da infarto fulminante terminata la sua ultima scena.

Poi toccò all'interprete dello stregone Luther: mancavano tre sere al suo ultimo ciak; andò a comprare delle birre e non tornò mai in albergo. Di lui non si seppe più nulla.

Qualche settimana dopo lo scenografo del film, Max Brod, uno dei pochi amici di Klaus, fu ucciso nel proprio appartamento da un intruso armato di ascia. E a distanza di tre giorni fu la volta della protagonista femminile: Brigitte von Münchofen, strangolata dal fidanzato nel vialetto di casa.

Ormai nessuno voleva più lavorare con Klaus Voynik. Le voci sulla sfortuna dei suoi set e le sue stravaganze, per esempio il fatto che adorava portare sul set una coppia di scheletri veri, gli impedirono di girare altri film.

E allora a cosa si riferiva il titolo del capitolo strappato via?

Walpurgisnacht.

Mi prese una tale frenesia che avrei dato un braccio per sapere cosa fosse scritto nelle pagine mancanti.

Per fortuna non c'era bisogno di amputazioni sanguinolente, vivevo in un'epoca felice.

L'era di Google: il dio onnisciente.

Mi misi subito all'opera e navigai come non ci fosse un domani.

Eppure, le risposte al mistero sfuggivano anche alla rete. Su Voynik non c'era praticamente nulla. Non trovavo nemmeno uno dei suoi film online. Né un singolo trailer.

Nemmeno una biografia nei portali di cinema.

Ancora più incredibile: il libro che avevo preso alla bancarella di don Girolamo non risultava esistere.

Spook on a Tree.

Scrissi le quattro parole nella barra di Google.

Uscirono delle immagini di alberi contorti e immersi nella nebbia. Video stupidi da YouTube intitolati *Spook tree, My first spook tree* e cose del genere. Il traduttore online mi disse che "Spook" in italiano significava "spettro, fantasma".

La testa mi divenne di colpo pesante, una specie di bolla si espandeva nel mio cervello. Una bolla piena di domande a cui non sapevo rispondere.

Com'era possibile svuotare la grande discarica del web da ogni notizia, anche la più infima, su un uomo, sul suo lavoro, sulla sua vita?

***

Il portone del palazzo dove abitavano i miei nonni era leggermente socchiuso. Nell'androne si respirava la solita aria malsana. Di insolito, invece, mi colpì un'atmosfera da brividi. Un'adunata di ombre e una congiura di spifferi nell'enorme ingresso dal pavimento a scacchi mi scatenarono in automatico la pelle d'oca.

Mi ero lasciato suggestionare, poco ma sicuro. Tutta colpa delle letture sul regista maledetto. Eppure, preferii non correre rischi e raggiunsi l'ascensore di corsa, stringendo il libro misterioso tra le mani.

Arrivato al quarto piano, bussai alla porta e pregai che non venisse ad aprire mia nonna. Mi avrebbe mitragliato di domande e proverbi.

Come al solito Dio non esaudì le mie suppliche.

«Oh, questa poi? Che ci fai qui?» mi chiese la bacucca.

«Devo parlare con nonno. C'è?»

«E dove vuoi che vada? Chi sguazza in gioventù, stenta in vecchiaia» disse con un sospiro. La fabbrica delle sentenze di mia nonna non chiudeva mai. Poi aggiunse: «Tua mamma sa che sei qui?»

«Certo, non sono mica tipo da scappare di casa»

«Come no… tu sei uguale a tua madre. Sputato. Sai come si dice, no? Una mela non cade mai lontana dall'albero».

«Telefonale, se non mi credi, però ora entro, ho fretta di parlare col nonno»

«Sempre di corsa voi giovani. La gatta frettolosa fece i gattini ciechi, ricordati». Senza speranza proprio.

Sapevo dove trovare il nonno: nel suo studio, dove poteva starsene da solo.

Era in piedi davanti al grande tavolo centrale, illuminato da un lampadario basso. Impegnato nell'attività che più preferiva: fare puzzle.

Aveva un talento innato per quel passatempo.

La maggior parte della gente procede con metodo, mettendo tutti i tasselli di un certo colore da parte, quelli con certe immagini da un'altra, o dividendo tutti i pezzi dei contorni dagli altri o così via.

Nonno, invece, sapeva esattamente dove andavano i tasselli. A colpo d'occhio. Lui diceva che "sentiva" le loro posizioni. Tra tutti gli svalvolati che conoscevo, lui era il numero uno. Ed era anche un pozzo di scienza. Lo adoravo. Qualsiasi problema avessi, lui aveva la soluzione.

«Ho bisogno del tuo aiuto»

«Ah sì?» disse, concentrato sul disegno che andava componendosi. Non alzò nemmeno lo sguardo. Gli occhi si muovevano tra le dita che pinzavano un piccolo pezzo e il vuoto che andava pian piano riempiendosi.

Fremevo per raccontargli del libro misterioso e del rompicapo assurdo che non riuscivo a togliermi di dosso. Ma dovevo procedere con sistema, ora la sua testa era altrove.

«Che cos'è?» gli chiesi.

«Una mappa del mondo del 1639. In duemila pezzi».

Annuii e attesi finché il suo sguardo s'illuminò.

Posò delicatamente il pezzo in mezzo a un grosso buco centrale.

«Ecco qui» disse con soddisfazione e finalmente mi fissò.

«Ora raccontami tutto».

Capitolo 3
Grosse mani che sembrano fatte apposta per agguantare

Eravamo in silenzio da cinque minuti buoni. Il nonno stava passando il libro sotto i raggi X dei suoi occhi. Avevo provato un paio di volte a dire qualcosa e lui mi aveva bloccato subito.

Si era concentrato in particolare sul finale del libro, dove le pagine erano mancanti.

«Qualcuno le ha tagliate con cura» disse finalmente. Lo avevo notato anche io, da strappatore seriale qual ero.

«E ha lasciato una sola pagina bianca alla fine» aggiunsi.

«E non è un caso» replicò.

Fece scattare la fiamma dell'accendino che aveva estratto dalla tasca. "Che diavolo sta facendo?" pensai.

Avvicinare la fiamma alla pagina, ecco cosa!

Urlai, convinto che volesse dar fuoco al libro.

Ancora una volta gli bastò voltarsi verso di me per ridurmi al silenzio. Spense la fiamma e assunse l'espressione di chi ha risolto un proprio dubbio.

Mi consegnò il libro e si avviò fuori dalla stanza.

«Dove vai?»

«Aspettami qui. Torno subito». E aggiunse dalla soglia: «E non toccare niente. Se mi accorgo che hai spostato un tassello del puzzle sarò costretto a spezzarti le ossa».

Io sorrisi divertito, ma pensandoci bene non era il caso di mettere alla prova l'attendibilità della minaccia.

Tornò dopo pochi istanti.

Aveva in mano due boccette di vetro opaco contenenti del liquido.

«Preferisci caratteri rossi o gialloverdi?» mi chiese a bruciapelo.

«Cosa?»

«Rossi o gialloverdi?»

«Nonno, ma di che parli?»

«Va bene, faccio io. Visto che ti piace tanto il cinema useremo il cloruro mercurico. Alcuni lo chiamano anche sublimato corrosivo»

«Non capisco che stai dicendo. Ti senti bene?»

Il nonno mi si avvicinò. Alzò la boccetta all'altezza dei miei occhi.

«Tu non ricordi Olive Thomas, vero?»

«Mi dice qualcosa...»

«Era bellissima, Olive. Una star di Hollywood degli Anni Venti... che bellezza era nelle *Ziegfeld Follies*!» Pausa sognante. «Comunque, viaggiava in Francia con il marito Jack Pickford, anche lui attore. E cosa succede?»

«Cosa succede?» Ero abituato alle sue storie prese alla larga, molto alla larga.

«Sono all'Hotel Ritz di Parigi e una sera Olive beve casualmente un po' di questo composto, cloruro mercurico, che era stato prescritto a Jack per curare una malattia cronica da cui era afflitto. E *ZAAAC*!»

Lo disse così all'improvviso che mi fece prendere un colpo.

«Kaput! Avvelenata. Morta. A soli ventisei anni!»

Mi si avvicinò ancora un po' e disse sottovoce come per condividere un segreto: «Detto tra noi, secondo me non fu così accidentale». E mi fece un occhiolino.

«Capito». Non ci stavo capendo niente, in realtà. «E ora che hai intenzione di fare? Avvelenare anche me?» chiesi con un falso sorriso.

«Che sciocco! Dammi il libro».

Posò il volume di Voynik su un tavolino.

«Con il cloruro mercurico i caratteri invisibili diventeranno rossi...» mentre lo diceva spennellava sulla pagina un po' della soluzione che aveva nella boccetta. «Se avessimo usato l'acetato di piombo sarebbero venute fuori parole gialloverdi».

Sgranai gli occhi così tanto che per poco non mi schizzarono fuori dalle orbite. Sul foglio bianco emersero delle parole in una tonalità rossastra.

«Come facevi a saperlo?»

«Non lo sapevo».

Il nonno continuava a spennellare con meticolosità. «Alcuni inchiostri reagiscono con il calore, ma in questo caso devono aver usato ioduro potassico al venti per cento»

«Ma chi sei? Il fratello segreto di Sherlock Holmes?»

Sghignazzò soddisfatto. A tutti piace un complimento ben fatto.

«*Asa Nisi Masa Oso Rasa*» lessi con un filo di voce. «Ma che diavolaccio significa?»

«La faccenda si fa seria, ragazzo mio».

Apparirono altre due righe con le stesse cinque parole insensate.

Asa Nisi Masa Oso Rasa
Asa Nisi Masa Oso Rasa
Asa Nisi Masa Oso Rasa

***

«Guarda, sta comparendo anche un disegno».

Era lo schizzo di un volto mostruoso con la bocca spalancata, piena di denti aguzzi. Non c'era il resto del corpo se non delle grosse mani che sembravano fatte apposta per agguantare e tirare nelle fauci chiunque si avvicinasse. Sopra la bocca c'erano narici larghe da toro e tre occhi grossi con pupille serpentesche. Un paio di corna e infine, a sormontare la testa, tre animali in posa: due elefanti seduti di profilo e al centro un corpo umano con una testa taurina e grandi ali spiegate.

I campanelli dell'avventura cominciarono a tintinnare tutti insieme nella mia mente. In genere quello era il suono che precedeva un disastro. L'ultima volta che il richiamo verso qualcosa di eccitante si era fatto sentire, alla fine mi ero ritrovato con un braccio fratturato e il gesso da portare per più di un mese e mezzo.

«Che cosa può essere?» chiesi eccitato.

«È qualcosa di familiare, ma non riesco a ricordare»

«Ti prego nonno, fai uno sforzo».

Fu in quel momento che comparve sulla soglia mia nonna.

«Ha chiamato tua mamma. È ora di andare, Guido».

Protestai, ma lei fu irremovibile. Salutai il nonno che continuava a rimuginare, così concentrato che nemmeno mi rispose.

Ero già all'ascensore quando mi raggiunse.

«Ti accompagno a casa» disse e mi sentii di colpo rianimato.

Lui sapeva dileguare le mie ombre. Tutte, di ogni tipo. Era per me un tale esempio che mi scoprivo spesso a copiarne gesti e certi modi di dire. Il nonno era contagioso.

Per arrivare a casa dovevo percorrere una strada isolata lunga non più di cinquecento metri. Cinque, sei minuti di cammino. Abbastanza da apprendere altre notizie importanti.

«Tu sai che significa *Walpurgisnacht*?» mi chiese.

«Perché, significa qualcosa? Sembra il suono dei gargarismi che faccio per il mal di gola».

A questa battuta il nonno rise di gusto. In lui tutto era misurato e composto, tranne la risata. Quando rideva usciva fuori l'uomo di teatro che aveva calcato per tanti anni i palcoscenici di mezza Italia.

«È la parola tedesca per indicare "La notte di Valpurga". La notte in cui gli spiriti e le streghe dell'altro Mondo varcano il confine e giungono nel nostro».

Deglutii.

I passi ritmati delle nostre scarpe sul selciato splendevano nel silenzio oscuro della notte. Parlare di spiriti e streghe per quelle stradine desolate non era esattamente la conversazione ideale.

«I popoli del nord credevano che santa Valpurga…»

«Ma che nome è?»

«Boh… era una badessa inglese di un monastero in Germania. Stiamo parlando di un paio di secoli prima dell'anno Mille. Comunque… dicevo… la gente credeva che la santa potesse proteggerli quando nella notte tra il 30 di aprile e il primo maggio le creature del male uscivano dai loro nascondigli per danzare attorno al grande fuoco»

«Aspetta… ma il 30 aprile è domani!»

«Esatto. Gli esseri degli inferi si radunavano sul monte Brocken per onorare la Luna e inviare fatture e maledizioni agli umani. E a loro non restava che invocare santa Valpurga per chiedere protezione e aspettare che demoni, spiriti, streghe e tutto il resto se ne tornassero da dove erano venuti»

«Fico!» Il nonno mi lanciò un'occhiata perplessa. «Ma tutto questo cosa c'entra con il regista maledetto?» chiesi.

Si strinse nelle spalle.

«Questo tocca a te scoprirlo. Mica vuoi lasciare a me tutto il divertimento, no?» sorrise e mi scoccò un occhiolino attraverso il quale, non so come, mi parve di intuire il giovane che era stato, seppellito dentro la pelle scavata e increspata dal tempo.

***

Quando entrai nella mia stanza rabbrividii: avevo la sensazione che qualcuno fosse stato lì mentre ero via. E ne fosse uscito da poco.

Andai da mia madre, che era affacciata alla piccola finestra della cucina. Le chiesi se fosse entrata lei nella mia stanza. Scosse la testa e continuò a fare quello che stava facendo, cioè nulla.

Prima di lasciarla le domandai: «Come sta papà?»

Lei fece spallucce, poi mi disse: «E a me non lo chiedi come sto?»

Colpito e affondato.

Forse si rese conto di avermi paralizzato, quindi si affrettò ad aggiungere: «Scherzo, eh. Io sono una roccia, lo sai».

Sì, lo sapevo. Sulla sua pietra si fondava l'equilibrio della casa. Anche se ormai era sempre persa nel lavoro e nei pensieri e a volte quasi si dimenticava che io esistessi.

Non dissi niente. Feci solo il mio sorriso ebete brevettato e tornai in camera mia.

Nonostante il silenzio opprimente che mi schiacciava sulla soglia, questa volta non avvertii nessuna sensazione di presenze estranee. Mi sedetti sul letto, con il libro in grembo. Klaus Voynik e la sua storia di stravaganze infantili, esaltazioni giovanili e fallimenti cinematografici mi attiravano come una super-calamita al neodimio.

Però era tardi ed ero stanco. Istintivamente posai il grosso volume dalla copertina nera sul fondo dell'armadio, e come se non bastasse lo coprii con delle coperte.

Chiusi le ante e mi sentii di colpo più al sicuro.

***

Il giorno dopo era il 30 aprile. Andai a scuola. O almeno ci andò il mio corpo. La testa era altrove. Non feci altro che aspettare che la campanella suonasse, schivando tutte le interrogazioni e le conversazioni con i compagni.

Mentre tornavo a casa ebbi un'idea illuminante.

Passeggiare mi aiutava a pensare meglio. In fondo anche mio nonno me lo ripeteva spesso, con una frase latina che mi piaceva molto: *solvitur ambulando* (i problemi si risolvono camminando).

Fu arrivando a casa, però, che il corso di quella giornata prese una piega diversa grazie a quattro eventi imprevisti.

Una scoperta illuminante.

Una telefonata rivelatrice.

Una apparizione incredibile e…

una visita inaspettata.

Capitolo 4
A capofitto dentro ogni promessa di brivido

Walpurgisnacht.

Doveva essere il nome di un film! Perché non ci avevo pensato prima? *La notte di Valpurga* poteva essere l'ultima opera girata da Voynik, visto che quella parte del libro era tutta dedicata ai suoi progetti cinematografici.

Inserii nel motore di ricerca: "notte di Valpurga film".

Apparvero dei risultati interessanti, in mezzo a tanta roba inutile, come piccole pepite d'oro luccicanti dentro della sabbia sporca.

"Il film maledetto della notte di Valpurga" recitava il titolo del link. Cliccai alla velocità della luce, eccitato. Atterrai su una pagina che sembrava un forum. Era un sito molto confuso con un fondo nero e molte scritte. Scrollai in basso in mezzo alla selva di parole e trovai ciò che cercavo.

C'era un piccolo articolo di un blog su un film che si doveva girare nel 1961 negli studi di Dinocittà a Roma. Aveva questo titolo: *Darkmare – L'infernale notte di Valpurga.*

Regia di Claudio Verruto.

Una scheggia di delusione mi si conficcò sottopelle.

Erano poche righe in cui si diceva che il cineasta avrebbe voluto girare tutta la storia in una sola notte. Tra il 30 aprile e il primo maggio, proprio in corrispondenza della leggendaria notte delle streghe. Una vera follia pensare di produrlo in così poco tempo. Come minimo un film degno di questo nome aveva bisogno di cinque o sei settimane di riprese.

Poi il cuore prese a tirar pugni contro la cassa toracica. Allo sconforto per aver creduto di trovarmi fuori strada, si sostituì una nuova esaltazione.

C'era una foto di Claudio Verruto in fondo all'articolo.

«Non può essere» dissi in un rantolo strozzato.

La foto di Claudio Verruto era la stessa del giovane Klaus Voynik!

Andai a controllare nel libro e ne ebbi conferma.

«Respira piano» mi dissi. Ma io non ero tipo da ascoltare consigli, nemmeno quando venivano dalla mia coscienza. Cercai di ragionare. Allora aprii un'altra finestra di Google e digitai: "Claudio Verruto".

C'erano solo due risultati utili. Quello del blog che avevo appena letto e un altro che riportava più o meno le stesse parole del precedente, solo con una breve aggiunta: una dichiarazione di Verruto:

> *Darkmare* sarà un film come non se ne sono mai visti prima. L'orrore più vero del vero. Faremo tutto in presa diretta, senza stacchi, senza prove. Per questo gireremo proprio nelle stesse date delle celebrazioni della notte di Valpurga. Grazie al mio amico, il geniale consulente e direttore della fotografia Aleister Caligari, *Darkmare – L'infernale notte di Valpurga* sarà più di un'opera cinematografica. Sarà un'esperienza. Sarà il mio primo film in assoluto. E sarà anche l'ultimo.

L'articolo non diceva altro. Non specificava se fosse un'intervista o una conferenza stampa. Niente di niente. Mi gettai con ancor più furia nella rete. Ora che avevo una traccia non potevo arrendermi. Passò non so quanto tempo e mi ritrovai a sospirare sconfitto. Non c'era altro.

Mi alzai dalla scrivania e presi a massacrare il pavimento percorrendolo nervosamente avanti e indietro.

Solvitur ambulando. I problemi si risolvono camminando.

«Un momento...» sussurrai a me stesso. Mi precipitai al volume su Voynik. Sfogliai le prime pagine, dove si parlava della sua infanzia. Ecco quello che cercavo: il soprannome affibbiatogli dai suoi compaesani.

Verrückt, il matto.

Klaus Verrückt uguale Claudio Verruto!

Questo fu il primo evento che cambiò le sorti della giornata: la scoperta illuminante.

Voynik aveva cambiato identità, lui e Verruto erano la stessa persona. Le foto identiche e il nome "tradotto" erano le prove.

«Sì!» gridai e feci un balletto di esultanza scavallando con le braccia, in diagonale, i fianchi come se fosse il movimento di un invisibile e gigantesco filo interdentale. Fu lo squillo del mio cellulare a interrompere lo spettacolo ridicolo.

***

Il secondo evento: la telefonata rivelatrice.

«Ehi, super nonno» esordii, rispondendo al cellulare.

«Ho capito a cosa si riferisce quel tuo disegno».

Aveva di bello questo il nonno: non perdeva tempo in fronzoli come salutare e chiedere "come stai". Lui andava diritto al punto.

«Non è il mio disegno» precisai senza motivo.

«È sul tuo libro» tagliò corto lui.

«Anche io ho fatto una scoperta».

Lo dissi con tale orgoglio che la voce mi uscì troppo acuta.

«Cosa?»

«Voynik doveva girare un'ultima storia. Ultima in tutti i sensi. Sai del tipo "ultima cena" di Gesù? Dopo il fallimento di *Minima Spettralia* nessuno si fidava più di lui, lo avevano messo da parte. Avevano paura che portasse sfiga». Stavo ricostruendo al volo solo delle ipotesi senza prove certe. «Così ha cambiato identità. Ha preso un nome italiano. Claudio Verruto. Lui da piccolo lo prendevano in giro e lo chiamavano proprio *Verrückt*. Senti come sono simili...»

«Interessante».

Altra cosa bella del nonno: niente era troppo assurdo per lui.

Gli raccontai di quello che avevo letto, del film *Darkmare* ambientato nella notte di Valpurga e da girare tutto in una sola volta. Proprio nella notte tra il 30 aprile e il primo maggio.

Dall'altra parte della cornetta non sentivo un respiro.

Mi venne il sospetto che parlavo a un telefono improvvisamente vuoto.

«Nonno, ci sei?»

Pausa.

«Sì, sono qui. Credo che si chiuda il cerchio con quello che sto per dirti».

«Dimmi, allora» non ero più nella pelle, non ero più nemmeno nella stanza. Ero in orbita.

«Quel mostro dalla bocca spalancata è il tempio del Moloch»

«Cosa?»

«Si trova in un film, uno dei primi grandi film della storia del cinema. *Cabiria* di Pastrone, scritto da Gabriele D'Annunzio»

«Il poeta che si studia a scuola? Quello della pioggia nel bosco?»

«Nel pineto… Sì, comunque è lui. Parliamo di oltre cento anni fa. Fu il kolossal italiano più importante e più famoso del cinema muto. Fu girato a Torino e lì costruirono il tempio del Dio Moloch»

«A Torino? Non capisco. E che c'entra con Voynik? Lui doveva girare il film a Roma, negli studi di Dinocittà… non a Torino»

«Gli studi di Dinocittà non esistono più. O meglio: sono stati trasformati in un grande parco di divertimenti a tema cinema»

«Cosa? Vuoi dire una specie di luna park?»

«Cinecittà World»

«Ah sì, certo… l'ho sentito, ma non sapevo che prima lì ci fossero degli studi cinematografici»

«E… indovina…» non mi diede il tempo di rispondere. «L'ingresso del parco riproduce esattamente il tempio di Moloch del film muto di Pastrone: *Cabiria*».

La mia faccia divenne un punto esclamativo. La vena dell'avventura riprese a pulsare dentro di me.

Avevo dodici anni, quasi tredici, e una voglia incontenibile di fare cose, di svelare misteri, di scacciare a calci la noia, di gettarmi a capofitto dentro ogni promessa di brivido. Da quando mio padre aveva messo radici nel letto, io avevo sentito spuntarmi le ali ai piedi.

«Figo!» riuscii solo a dire.

«Figo?»

«Sì, è forte»

«Dovrebbe essere illegale massacrare la lingua italiana in questo modo»

«Tutto cambia, anche l'italiano».

Calò un silenzio d'attesa e di riflessione.

«Io torno alla mia mappa del mondo antico. I cambiamenti li lascio a te».

E chiuse la telefonata senza aggiungere altro. Figo il nonno, non c'è che dire.

***

Cosa ne avrei fatto di tutte quelle informazioni e di quel mistero che cominciava a svelarsi? Presi il libro e mi chiesi se non ci fossero altri enigmi nascosti tra le pagine. La risposta alla prima e alla seconda domanda arrivò subito grazie a un'apparizione incredibile (il terzo evento).

Sotto il disegno del tempio di Moloch c'era una nuova scritta in caratteri minuscoli, illeggibili a occhio nudo. Dello stesso rosso sbiadito emerso grazie alla soluzione chimica del nonno.

«E questa da dove salta fuori?» mi dissi. Non avevo una lente d'ingrandimento, non esiste ragazzo sano di mente che ne abbia una, se non nei film. Però avevo il mio cellulare e con quello si poteva fare tutto, anche ingrandire un testo piccolissimo.

> Il coraggioso la ripeterà tre volte e in quella notte si apriran le porte.

Ecco cosa lessi.

Per l'eccitazione passai dallo stato solido a quello liquido. Mi colse una implacabile fame di avventura. Ora sapevo esattamente cosa dovevo fare e quando farlo.

Prima di imbarcarmi in questa nuova follia consultai di nuovo il Grande Sapiente: Google.

Dovevo trovare gli orari di apertura del parco: Cinecittà World il 30 aprile risultava aperto (ottimo!) Chiudeva alle 17:30 ma bisognava entrare una mezz'ora prima. Quindi le 17:00.

Controllai l'orologio: avevo quasi un'ora e mezza. Ce la potevo fare.

Ora toccava indagare sui mezzi per arrivarci. C'era un bus che da piazza Italia (in dieci minuti ci arrivavo a piedi) giungeva direttamente in via del Ponte di Piscina Cupa, cioè solo otto minuti a piedi fino all'ingresso di Cinecittà World.

Feci il bis del balletto del filo interdentale.

Il bus partiva alle 16:13. Avevo tre quarti d'ora per raggiungerlo. Comodissimo. Mia madre non sarebbe tornata prima di sera.

Mi fermai un momento.

"Cosa – Diavolo – Hai – Intenzione – Di – Fare?"

Era la voce della coscienza. Era in allarme e urlava dentro di me.

***

Ero un professionista nel mettere a tacere la mia coscienza. E poi avevo un piano.

Il giorno dopo era il primo maggio. Non si andava a scuola. Avrei scritto un messaggio a mia mamma dicendole che andavo da Tobia a giocare. E avrei dormito da lui. Poi avrei chiamato Tobia (non era un grande amico, ma era il meglio che avevo sottomano) per avvertirlo. Mia madre non avrebbe mai chiamato, comunque. Mi aveva sempre dato fiducia.

"Di chi non si fida, non ti fidare" mi ripeteva fin da quando ero piccolo, prendendo in prestito il proverbio da sua mamma.

Se io fossi stata in lei non mi sarei mai fidata di un figlio come me.

Preparai in tutta fretta lo zaino, mettendoci dentro: il libro di Voynik, dei biscotti, dell'acqua, il filo per la ricarica del cellulare. Ero pronto. In quel momento, però, arrivò la visita inaspettata: mio padre.

Quarto e ultimo evento.

Bussò delicatamente alla porta ed entrò con l'espressione mogia di chi sta partecipando a una veglia funebre.

«Papà che ci fai qui?» se fosse entrato un alieno dalla porta sarei stato meno sorpreso.

«Posso?»

Annuii, non avevo parole con cui accoglierlo. Erano almeno due mesi che non metteva piede nella mia camera e si guardò attorno come se fosse la prima volta nella sua vita.

Inspirò.

«Guido… mi dispiace»

«Di cosa?»

«Di tutto».

Io ero seduto alla scrivania, con lo schermo che illuminava il mio imbarazzo. Eravamo tre nella stanza a dire il vero: io, mio padre e un silenzio così denso che sembrava avesse un corpo. Fu ancora mio padre a spezzarlo.

«Vedrai che poi starò meglio. Ci sto provando».

Non potevo credere a quello che sentivo. Papà aveva a fatica tirato su le saracinesche dietro le quali si era nascosto da tante settimane e lo aveva fatto per me. Sentii le lacrime pizzicarmi gli occhi. Non risposi nulla per non rischiare di scoppiare a piangere.

Lui annuì ancora. Si alzò. Lasciò scivolare una carezza dietro la mia testa, sui capelli arruffati.

«Vivi, Guido, e divertiti. Osa, non avere paura mai. Ché la paura si prende tutto, se le dai modo di allungare le mani».

Mi sorrise ancora e si avviò verso la porta. Ero di marmo, ma prima che uscisse riuscii a sbloccarmi.

«Papà».

Si voltò verso di me al mio richiamo.

«Grazie» dissi.

Capitolo 5
Inferno è il suo nome

La bocca del Moloch mi inghiottì una quarantina di minuti prima che Cinecittà World chiudesse. La signorina alla cassa non mi fece nemmeno pagare il biglietto. Forse vide scintillare nei miei occhi lo stupore, la meraviglia, la felicità di chi sta varcando la dimensione del sogno.

O semplicemente pensò che fossi un idiota olimpionico a chiedere di entrare al parco mentre stava chiudendo.

Nonostante ne avessi una gran voglia, non ero però lì per divertirmi. Avevo una missione da portare avanti.

Il piano che avevo elaborato mentre ero sul bus e che fino ad allora ritenevo perfetto, adesso che ero sul punto di realizzarlo mi appariva un groviglio di idiozie. Eppure, andai avanti.

"Guido finoinfondo" mi chiamava mio padre.

Dovevo trovare un posto in cui nascondermi e aspettare la chiusura del parco. Poi a mezzanotte avrei ripetuto la frase scritta sul libro per tre volte: "Il coraggioso la ripeterà tre volte e in quella notte si apriran le porte".

«E poi si vedrà» dissi a me stesso per mettere a tacere tutti i dubbi.

All'entrata avevo preso una mappa.

Cominciai a perlustrare. Non volevo allontanarmi dal tempio di Moloch. Avevo deciso che sarebbe stato quello il posto dove recitare la formula.

Cinecittà World era diviso in aree tematiche. Scelsi Roma. L'antica Roma. La scelsi perché era vicina e sulla mappa era indicato come il luogo in cui si trovava il "bosco degli alberi secolari".

E da che mondo è mondo, nessun posto è meglio di un bosco per nascondersi.

***

Non avevo fatto i conti con i guardiani, anzi non avevo fatto i conti con un mucchio di cose.

Credevo di essere al sicuro, seduto con la schiena contro un grosso albero, in mezzo a una macchia fitta del bosco. Tanto per ingannare il tempo, nell'attesa avevo preso a rileggere il libro di Voynik. Così avevo rilassato i sensi, mandando a farsi benedire l'allerta. Cioè l'errore più stupido che si possa fare quando sei in fuga o ti stai nascondendo.

Non sentii il crepitio della terra alle mie spalle. Non avvertii lo spostamento d'aria che inevitabilmente si crea quando una persona entra nel tuo spazio.

Certo, erano segnali minimi, ma andate a dirlo ai personaggi di secondo piano nei film horror: è per colpa di queste disattenzioni che finiscono per ritrovarsi una scure conficcata nel cranio o un coltello piantato nella cervicale.

Be', a me andò comunque meglio. Almeno non mi trovai di fronte un serial killer con una maschera da carnevale veneziano. Però un mezzo infarto me lo beccai lo stesso.

Mentre ero tutto concentrato a leggere come Klaus il Matto, per il suo primo film intitolato *Cripta di sangue* (*Blutgruft* in tedesco), aveva legato insieme cinque gatti neri per creare un demonio pentacefalo e per riprodurre il vomito verde che inondava una scena si era servito di yogurt e muesli con coloranti alimentari in polvere, mi piombò addosso dall'alto una voce: «Che ci fai qui?»

Balzai dalla paura talmente in alto da sembrare una rana. Il libro rovinò a terra. Di fronte a me un uomo sulla sessantina con un'espressione forse più sorpresa della mia.

«Ti ho detto che ci fai qui?» mi fissava.

«Mi scusi...» dovevo prendere tempo alla ricerca di qualche balla credibile da propinargli. «Perché? È vietato stare qui?»

«Dopo l'orario di chiusura del parco, sì».

Lo guardai meglio. Non poteva essere cattivo uno con orecchie così paraboliche.

«Ah... perché, che ore sono?» ero un professionista nel fingermi tonto.

«Sono le sei, siamo chiusi da una buona mez-z'ora. E tu non puoi stare qui. Devi tornare a casa»

«Non posso»

«Non puoi? Che accidenti significa?»

Mi alzai e feci appello a tutte le mie qualità di farabutto.

«Sono qui per mia nonna».

Piegai le labbra all'ingiù, calai lo sguardo, ridussi lo spazio che occupavo facendomi, non so come, più piccolo.

«Che c'entra tua nonna?»

«Sta morendo».

Vidi sul suo volto comparire un'ombra che gli offuscò lo sguardo. Aveva abboccato. «Non me la sento di tornare a casa. Non voglio stare a casa e lei… lei…» tacqui. Questo era il momento di non tirare troppo la corda sennò la lenza rischiava di spezzarsi. Dovevo dargli il tempo di reagire e intanto articolare meglio il finale di bugia.

«Mi dispiace ragazzo, ma… le regole…»

«Lo capisco, signore…»

«Mi chiamo Fracassi, Paolo Fracassi. Lascia stare il signore»

«D'accordo signor Fracassi. Volevo dire, non è mia intenzione metterla nei guai, ma l'ultimo desiderio di mia nonna era vedere questi studi cinematografici… lei ha fatto tanti film qui»

«Qui? A Dinocittà vuoi dire?»

«Sì»

«E quali?»

«Quali cosa?»

«Hai detto che ha girato tanti film… ti ricordi qualche titolo?»

Mi guardai attorno smarrito. E ora? Tranne il film di Voynik/Verruto non sapevo di altre pellicole girate qui dentro. Notai un grosso palazzo con colonne antiche. Era la ricostruzione di un tempio romano o una cosa così.

«Molti film in costume... degli antichi romani»

«Non dirmi che era in *Ben Hur*? *Ben Hur* è il più grande film di tutti i tempi. L'ho visto un milione di volte»

«Eh sì, proprio *Ben Hur*. Aveva il ruolo di...»

«Uno principale?»

«No!» mi affrettai a dire. Forse troppo di fretta, dovevo recuperare. «Era una comparsa nella scena della... quando c'è l'imperatore».

Non sapevo assolutamente cosa stessi farfugliando.

Avevo solo sentito vagamente il titolo di *Ben Hur*, era un film su Roma antica: un imperatore prima o poi per forza doveva comparire sullo schermo.

«Ah quindi ha conosciuto George Relph, l'imperatore...»

«Ottaviano» azzardai io.

«Tiberio vuoi dire?» ribatté subito lui, con una crepa di sospetto nelle parole.

Mi assestai uno scapaccione in fronte, molto teatrale e così forte che immaginai il mio cervello tremolare come un budino. «Sì, che idiota sono... li confondo sempre, Tiberio e Ottaviano, non lo so perché... da sempre, è una cosa strana. Pure due miei amici a scuola. Chiamo Tiberio uno e Ottaviano l'altro e mai che ci prendessi una volta».

Poi mi chiese come si chiamava mia nonna, se fossi mai stato su un set con lei, quanti film aveva girato e così via. Una raffica di domande sparate dalla mitraglia della sua curiosità cinefila. Io ci presi gusto e infilavo una bugia dopo l'altra con sempre maggiore convinzione.

Mentre ci incamminavamo verso gli uffici di guardianìa mi sentii uno spietato *serial baller* (lo so, non si dice così in inglese, ma suonava una bellezza).

***

Fracassi mi disse di restare nel suo ufficio e non muovermi da lì. C'erano i suoi colleghi che non sarebbero stati altrettanto comprensivi, o così "citrulli" da bersi ogni invenzione, come lui.

Gli toccava il giro di perlustrazione, ma sarebbe tornato per portarmi la cena.

«Per stanotte dormi qui, ma non farti vedere, sennò mi metti nei guai» disse, prima di lasciarmi solo nella stanza. Dalla piccola finestra si vedeva l'entrata di Cinecittà World, ora illuminata dalle luci dei lampioni. Da anni la stanza non veniva utilizzata e io potevo starci tranquillamente. Certo, era scarna e poco accogliente, ma mi bastava il divano di pelle dove riposarmi, la sedia dove poggiare lo zaino e la piantana accanto per far luce, per quel poco che ci sarei stato...

Una volta solo, mi diedi al ping-pong di messaggi WhatsApp con mia madre.

Come immaginavo, non fece tante storie e neanche una piega alla mia menzogna di copertura.

Non era mai stata una di quelle madri che ti stanno col fiato sul collo. Una di quelle che ti manda a giocare ammonendoti di non sudare. Una di quelle che se potesse ti installerebbe un chip GPS nel cervello per localizzarti continuamente.

Mia mamma mi lasciava da solo con la babysitter già prima dell'età in cui bisogna liberarsi del pannolino, perché cinque sere su sette doveva uscire con mio padre o con le sue amiche.

Mia mamma era fatta di vento, mentre le altre erano pesanti come le catene d'acciaio alle caviglie degli schiavi.

***

Il guardiano tornò verso le nove. Nello zaino avevo messo qualcosa da mangiare e quindi non patii la fame prima del suo arrivo. E per tenere a bada la noia avevo continuato a leggere il libro su Voynik. Non mi stancavo mai di farlo.

La moglie gli aveva preparato della pasta col sugo e una frittata. Fracassi divise con me la sua cena, tanto ce n'era in abbondanza, da sfamare un "branco di cinghiali". Paragone suo.

Vista la sua competenza pazzesca sulla storia del parco e degli studi cinematografici, gli chiesi se sapeva nulla del film *Darkmare* che doveva girarsi qui agli inizi degli Anni Sessanta.

Si pulì la bocca e mi fissò con occhi scrutatori.

«Che ne sai di *Darkmare*?» chiese.

«Eh...» emisi una serie di suoni disarticolati da uomo delle caverne, mi aveva preso in contropiede.

«Cosa? Che hai detto?» incalzò.

«Mia nonna» ecco trovata la balla n. 2455 della serata. «Mia nonna doveva fare un provino per il regista. Claudio Verruto se non sbaglio. Ma alla fine non partecipò».

A quelle parole il guardiano annuì lentamente.

«Di quel film nessuno parla mai qui a Cinecittà World. È un film maledetto»

«Davvero?»

«Tua nonna non te l'ha detto?»

«No. Partì per l'America proprio in quei giorni, aveva conosciuto mio nonno, un aviatore svizzero, e tornò in Italia solo vent'anni dopo. Sai come sono queste storie d'amore...» dissi, come se tutto fosse stato vero e come se davvero avessi saputo come funzionava l'amore.

«Be', è stata fortunata a non fare quel provino. La notte delle riprese, sul set del film ci fu un terribile incendio. Non si salvò nessuno. Molti dei corpi non furono nemmeno più ritrovati»

«Uao! Cosa successe?»

«E chi lo sa. C'è chi dice che nel teatro di posa dove stavano girando presero fuoco delle pellicole. Allora non era come oggi. Adesso si gira tutto con quelle macchinette vuote... col *digitale*» pronunciò l'ultima parola con la faccia schifata di chi ha appena ingoiato un pezzo di fango. «Ai miei tempi si facevano film veri. Nelle macchine da presa si metteva la pellicola. Le immagini erano bellissime. Il problema è che erano di un materiale molto infiammabile».

Fece una pausa durante la quale buttò giù una forchettata gigante di maccheroni. Si ripulì le labbra con un tovagliolo e continuò, abbassando il volume della voce fino a raggiungere il bisbiglio.

«Molti dicono che fu lo stesso regista… quello era un pazzo furioso. Fu lui ad appiccare l'incendio, secondo queste voci. Voleva realismo per la sua notte di Valpurga!»

«La notte di Valpurga… come stanotte».

Fracassi si bloccò di nuovo. Roteò gli occhi per cercare qualcosa nel suo cervello.

«Hai ragione, non ci avevo pensato. È il 30 aprile. Che coincidenza» e si rituffò nel piatto.

«Cos'altro si sa?»

«Non mi piace parlarne».

Non insistetti, tanto sapevo che avrebbe ricominciato da solo. Fracassi apparteneva a quel genere di persone che quando trovano uno disposto ad ascoltare sono capaci di scaraventargli addosso una valanga di informazioni neanche fossero una pagina di Wikipedia.

«Circolano un sacco di leggende intorno a quel film. Si dice che il direttore della fotografia, un tipo mezzo ungherese e mezzo italiano, fosse in verità un demonologo, una specie di stregone, un occultista...»

«Caligari?»

«Anche questo sai?» chiese sospettoso.

«Sì... sempre mia nonna».

Trangugiò un boccone, poi aggiunse: «Sì, comunque lui... si dice che avesse trovato un modo per richiamare le creature degli Inferi per ricreare la *Walpurgisnacht*» la pronunciò proprio bene quella parola, anche se dalla sua bocca si staccarono dei meteoriti rossi di pasta e sugo che atterrarono sul petto del mio giubbino. «Gli attori erano terrorizzati, e allora Verruto chiuse tutte le uscite del Teatro 2 e...»

«E...?» lo spronai, ormai al massimo dell'eccitazione.

«E i due pazzi, Verruto e Caligari, fecero accendere questo grande falò intorno al quale le streghe e i demoni dovevano danzare». Ora Fracassi mimava con le mani le grandi fiamme.

«E il teatro prese fuoco» dissi io.

Lui fece "sì" con la testa. «Da allora per cinquant'anni è stato chiuso. Era un luogo di sciagura e di sfortuna. E sai cos'hanno fatto adesso?»

Si avvicinò come se volesse confidarmi un ulteriore segreto.

«Ci hanno fatto un'attrazione dell'orrore. *Inferno* è il suo nome».

Capitolo 6

Fate attenzione all'uomo con la cicatrice

Asa Nisi Masa Oso Rasa.

Ripetei tre volte le parole. Non sapevo cosa aspettarmi. Forse solo di restare sorpreso. E invece quello che accadde fu… niente.

Il nulla più assoluto.

Cinecittà World aveva una faccia spettrale, totalmente diversa da quella solare e festosa di qualche ora prima. Le luci elettriche ronzavano come piccoli insetti in un barattolo. Le macchie di oscurità si mangiavano le forme. A parte questo, tutto piatto.

«Che schifo di storia» sussurrai arrabbiato con me stesso, con il parco, con il Mondo. Tanta fatica per ritrovarmi come una zucchina piantata sotto la grande scenografia dedicata al film di Pastrone.

La più cristallina sensazione di stupidità lasciò presto il posto a stanchezza e delusione. Volevo mia madre, mio padre, la mia stanza da letto dalle pareti spoglie.

M'incamminai verso gli uffici dei guardiani. Forse Fracassi dormiva ancora, nemmeno avrebbe notato la mia assenza.

Contai dodici passi prima che *qualcosa* mi bloccasse.

Un suono bestiale.

Un rumore mai sentito prima dal vivo.

Un barrito di elefante.

Eh sì! Un enorme, corposo, assurdo barrito di elefante! Mi voltai nella direzione da cui era arrivato il rumore. L'aria aveva preso a vibrare.

Come si può descrivere una sensazione *indescrivibile*?

Forse semplicemente non si può. Poi per me che scrivevo temi lunghi come un tweet e spesso del tutto insignificanti, era ancora più complicato.

Facendo un grande sforzo potrei arrivare a dire che il suolo prese a scalpitare come se fosse stato attraversato da una scarica elettrica sotterranea. Non un terremoto, non questo. Era più il tremore di un corpo che prende vita dopo l'immobilità.

E poi c'era stato quel verso di elefante, anzi di un mammut, per quanto era robusto e pauroso. E i mammut non esistevano più. E se anche fossero esistiti, era improbabile che vivessero dalle parti di Castel Romano.

E questo era solo l'inizio.

Dal fondo del viale in cui si perdeva il mio sguardo, arrivava qualcuno.

Correndo.

***

Adesso che era a pochi metri da me, misi a fuoco la figura urlante che galoppava nella mia direzione.

Era una ragazza!

...

Un momento, fermi tutti!

Non una ragazza e... basta.

Era bellissima, vestita con una specie di lunga camicia da notte e un mare fluttuante di capelli biondi che scintillavano intorno al suo viso delizioso. Veniva verso di me correndo e io, però, la percepivo al rallentatore, per gustarmela fotogramma per fotogramma.

Non avevo mai creduto nei cosiddetti colpi di fulmine e forse neppure nella possibilità di "perder tempo" dietro alle ragazze come molti miei (quasi) amici.

Erano un universo che non mi ero mai soffermato a esplorare. Forse per paura o semplice incompetenza.

La tipa che stava arrivando nella mia direzione aveva di colpo cambiato tutto. Ci fu un *clic* nel cervello e improvvisamente mi sembrò che nella vita niente fosse più necessario che partire alla scoperta di quel meraviglioso, armonico caos di galassie che erano le ragazze.

Mi sentii posseduto da un nuovo Guido, una figura mitologica metà uomo, metà baccalà.

«Aiuto!» la sentii gridare. Restai immobile, pronto a farmi investire dalla dea venuta da chissadove.

Si aggrappò al mio braccio e disse con voce di flauto: «Ti prego, aiutami!»

Tremava di paura.

Io tremavo d'amore.

«Calmati... cosa succede?»

«Mi stanno inseguendo. Ti prego, aiutami» piangeva disperata. Piangeva non solo con gli occhi (di un colore assurdo tra il blu e il viola), ma con il corpo intero.

«Chi ti insegue?»

Guardai oltre le sue spalle, verso il viale da cui era arrivata. Mi accorsi con stupore che si era alzata una nebbia densa e grigiastra. Quando però osservai meglio e annusai un profumo di borotalco mi resi conto che non era vera foschia. Fumo finto, ecco cos'era. Insomma, quello che si usa al cinema o in teatro come effetto speciale. Dovevano essere entrate in azione delle *fog machines* enormi, roba da *Signore degli Anelli* per intenderci.

«Chi ti sta inseguendo?» ripetei alla ragazza in vestaglia.

«Sono fuggita e *loro* sono sulle mie tracce»

«Loro?» non dovetti attendere la risposta.

Dal vapore fitto e aromatico che ci circondava emersero, alla mia sinistra, due figure che non riuscii subito a mettere a fuoco.

A occhio e croce avrei detto che fossero un uomo e una donna, ma c'era qualcosa che non mi tornava completamente. L'uomo aveva come delle escrescenze che uscivano dalla testa. O era un copricapo piuttosto strano o era dotato di... corna!

"Nel dubbio, scappa" mi ordinò il cervello in agitazione.

Senza perdere tempo a decifrare il pericolo o a fare domande di cui preferivo non conoscere la risposta, strinsi la mano della fanciulla misteriosa e cominciai a correre. Lei si lasciò condurre. Non avevo idea di dove andare, così mi inoltrai dritto per dritto nell'oceano di fumo e quindi nel parco di divertimenti (anche se, in quel momento, tutto era fuorché uno spasso).

«Ma quello ha delle corna in testa o mi sbaglio?» riuscii alla fine a chiedere alla mia compagna di fuga. Lei non mi guardò come si guarda un pazzo che fa una domanda del genere. Tutt'altro. Lei semplicemente fece "sì" con la testa.

In quel preciso istante seppi che la formula recitata sotto al tempio del Moloch aveva scatenato davvero qualcosa.

Andando più al sodo: avevo combinato un bel casino.

***

Il cuore a mille, il sudore che mi bagnava pure i calzini, un grido strozzato in gola. E gli occhi così sgranati che mi sentivo un camaleonte, più che un essere umano.

Non potevo credere a quello che vedevo.

Non volevo crederci.

Ma dovevo.

Usciti dalla nebbia finta, che si era dissolta con la stessa velocità con cui era apparsa qualche istante prima, eravamo spuntati di fronte a una strada.

«Vedi quello che vedo io?» chiesi alla ragazza.

Non rispondeva, aveva il fiatone e mi guardava.

Davanti a noi c'era una strada uscita direttamente da un film ambientato nella New York degli Anni Venti o Trenta (o giù di lì), con i tipici palazzi decorati in ghisa in sfumature di colore pastello, i lampioni antichi dalla luce calda e le case di mattoni rossi adornate di scale antincendio all'esterno.

Non era quello però a meravigliare. Erano facciate ricostruite, ci trovavamo pur sempre a Cinecittà World: un parco a tema cinema in cui erano riprodotte delle location per film da girare in studio.

La cosa illogica era che quel set aveva preso vita!

La strada brulicava di persone vestite come cent'anni prima. Era affollata di auto d'epoca che con i propri fari rischiaravano la notte. In poche parole, eravamo in una notte americana.

«Che facciamo adesso?» le sue parole tintinnarono nelle mie orecchie.

Avrei voluto risponderle con la sicurezza di un supereroe Marvel. Loro avevano la battuta pronta e sapevano sempre come uscirsene da ogni situazione. Purtroppo, io ero una mezza pippa pure ai videogame, figuriamoci! E non avevo molta dimestichezza con i rapporti umani. Quindi restai in silenzio.

A interrompere lo stallo arrivò una coppia. Un signore e una signora sulla trentina. Lui, dai capelli come paglia secca, il volto di chi non è mai stato bambino in cui luccicavano due occhi color ghiaccio, vestito con un completo elegante grigio e un cappello. Fumava con espressione vagamente superba. Lei aveva un viso dalla pelle chiarissima, triste come quello di un'orfanella che col passare degli anni ha avuto fortuna e ora la vuol far pagare a tutti. L'uomo ci rivolse la parola, ma i suoi occhi inquadravano solo me.

«*Hey boy, do you know how to get to East Egg?*» la voce roca dell'uomo si mescolava alla nuvola di fumo che usciva dalla sua bocca. Non capii una parola di quello che disse e non c'erano i sottotitoli, purtroppo.

«*Ai dond anderstan*» risposi, in un inglese da macchietta.

«Vuole sapere se sai come si arriva a East Egg» intervenne lo splendore al mio fianco.

«Ah, parli inglese...» Pausa. «Puoi dirgli che non lo sappiamo? Anzi io direi che non sappiamo un bel niente». Lei tradusse con una spigliatezza assoluta. L'uomo guardò la donna al suo fianco. Lei aveva una espressione così seccata che sembrava stesse sul punto di svenire dalla noia.

Il signorotto mi prese per un braccio e avvicinò la sua faccia alla mia, così tanto che potevo contargli i peli nel naso. Non erano tanti, per la cronaca.

«*Beware of the man with the scar. He is looking for the girl who ran away*». Se avesse parlato una lingua aliena avrei capito poco meno di quello che riuscii ad afferrare dalle sue parole.

«*Come on, Tom, let's go*» disse lei sbadigliando.

Tom arpionò la ragazza con il massiccio braccio poggiato sulla sua spalla nuda e andarono via lanciandomi un ultimo sguardo altezzoso.

«Ma chi erano quei due?» chiesi io, mentre non smettevo di ammirare la strada americana brulicante di gente e di macchine.

«Ci hanno messo in guardia» rispose lei.

«In guardia? Che significa?»

«Diceva che dobbiamo stare attenti a un uomo con la cicatrice…»

«Un uomo con la cicatrice… e c'era dell'altro o mi sbaglio? Mi pare di aver sentito la parola *girl*»

«Ti sbagli».

Un guizzo inquieto di lampi nei suoi occhi mi disse che stava mentendo. Non puoi dire bugie a un pallista e pensare di farla franca. Ma lasciai stare e invece dissi: «Non so come ti chiami»

«Io nemmeno so come ti chiami tu»

«Guido Anselmo»

«Giulietta degli Afflitti». Pronunciò nome e cognome come se rispondesse alla domanda di un investigatore privato.

"Che strano nome" pensai.

«Bellissimo, originale» dissi invece.

«Ti prego portami via da qui» aggiunse di punto in bianco, quasi che solo adesso si fosse resa conto di dove ci trovassimo.

«E dove vuoi andare?»

«A casa»

«E dove sarebbe?»

Di colpo il suo viso luminoso si offuscò.

Apparve smarrita.

«Non lo ricordo» disse in un soffio di voce. «Ma sicuramente non voglio restare qui».

***

Ci tenevamo addossati alle facciate dei palazzi, lontani dalle strade percorse da macchine che entravano e uscivano dalla nebbia. L'idea era di non farci notare. Cosa tutt'altro che semplice. Risaltavamo come due mosche su un muro appena imbiancato: io con il mio abbigliamento da ragazzo normale del 2024 e Giulietta con la sua vestaglia e i sandali ai piedi. Tutto intorno, l'eleganza di una folla da film in costume degli Anni Venti, vagamente incuriosita e scandalizzata dalla nostra diversità.

«Che sta succedendo qui dentro?» chiesi io, riferendomi a tutto il parco.

«Non lo so»

«Tu da dove vieni, Giulietta?»

«Da un set»

«Un set? Cioè?»

«È dove si girano i film»

«Stavi girando un film?» mi sentii di nuovo un idiota: prendevo la sua ultima frase e ci mettevo un punto interrogativo dopo. Che diavolo di conversazione era? «Che film?»

«Uno spaventoso» rispose lei dopo una pausa di un secondo.

Era chiaro che Giulietta fosse di poche parole, ma io avevo bisogno di sapere. Mi chiesi se fosse un sogno. Purtroppo, non hai modo di saperlo finché non ti svegli, no?

Il fatto è che io mi sentivo dannatamente sveglio.

«Non hai un numero dei tuoi a cui telefonare?»

«Un numero? Cosa?»

Lei aveva un punto interrogativo stampato nello sguardo. Tirai fuori il cellulare. Ma non c'era campo e non era l'unico problema.

«Dannata batteria, solo il dodici per cento. Se li facessero a carica manuale 'sti smartphone durerebbero di più...»

«Che cos'è?» Guardava il mio cellulare con la stessa meraviglia con cui ET l'extraterrestre si imbatte per la prima volta in una lattina di birra.

«Scusa, non hai mai visto... questo?»

«Che cos'è?»

«È un telefono»

«Un telefono, questo?»

«Mi prendi in giro? Non conosci il cellulare?»

Non ebbe il tempo di rispondermi. Una botta tremenda dal centro della strada. Io e Giulietta uscimmo fuori dal nostro dialogo e anche dalla pelle, per lo spavento.

Due macchine si erano scontrate frontalmente. Lamiere contorte, vetri infranti, fumo dai motori che si mescolava alla nebbia cinematografica. In breve, si formò una folla intorno all'epicentro dell'incidente.

L'allarme di un paio di sirene si alzò nell'aria e dopo pochi istanti entrarono in scena le auto della polizia. Erano bellissime. Nere, lucide, bombate come grossi insetti e la dicitura "State Police" sulla fiancata. Avrei dato un braccio per fare un giro su quelle macchine d'epoca.

I poliziotti dall'aria impostata, più simili ad attori che interpretavano una parte che a veri sbirri, provavano a sgombrare la folla. Con scarsi risultati. La curiosità morbosa è come una lampada blu per una falena. E se ci scappa il morto, nemmeno una diga tiene a bada lo straripare della gente.

Noi restammo dove eravamo, perché quando feci per avvicinarmi, Giulietta mi trattenne per la manica della felpa.

«Resta con me» disse, e io restai. Avrebbe potuto anche chiedermi di buttarmi in un pozzo di fiamme con il corpo cosparso di benzina: l'avrei fatto.

Quelle labbra ordinavano, io eseguivo.

E così questo era l'amore a prima vista? La perdita di ogni dignità? La fusione di tutti i neuroni in un unico pianeta spoglio che dipende totalmente dalla luce della stella intorno alla quale orbita devoto?

Mentre mi perdevo in questi e altri pensieri ugualmente mielosi, Giulietta mi scosse per riportarmi alla cruda realtà di quel sogno/incubo a occhi aperti.

«È lì! Sta arrivando!»

Da un vicoletto che affluiva sul marciapiede dove ci eravamo fermati, uscì un uomo dall'aspetto poco rassicurante.

Indossava un completo gessato, bianco lucente con righe grigio scuro. Stesso colore del cappello di feltro calcato in testa. Era basso e tarchiato, ma dava l'impressione di essere molto più alto della sua vera statura perché aveva una certa presenza.

«La cicatrice» esclamai io quando si voltò verso di noi e notai lo sfregio che gli attraversava a zig-zag la guancia destra.

Sentii il respiro di Giulietta farsi roco e affannoso. Si strinse ancora di più a me. Aveva un profumo di terre selvagge, di legni pregiati, di fiori dai petali carnosi. Quella ragazza mi stava facendo perdere la ragione, dovevo calmarmi.

E soprattutto dovevo fare qualcosa, se bisognava prestar fede all'avvertimento di Tom.

Fate attenzione all'uomo con la cicatrice.

Dietro di lui c'erano due tizi simpatici come un trapano che sta per perforarti un dente. Avevano copricapi simili a quelli del loro boss (eh sì, lo sfregiato aveva tutta l'aria di essere il capo), e a totale copertura del volto indossavano dei grossi fazzoletti neri. Banditi allo stato puro.

L'uomo con la cicatrice aguzzò lo sguardo e indicò chiaramente la nostra direzione. Gli imbavagliati non ci pensarono due volte e ci vennero incontro di corsa. Certo, potevamo chiamare la polizia, ma nel trambusto dell'incidente non ci avrebbero notati nemmeno.

Non ci restava che scappare di nuovo.

Ormai era chiaro: con Giulietta non c'era pericolo di annoiarsi.

Capitolo 7
È troppo tardi per essere buoni

Se non finimmo subito nelle grinfie dei gangster fu grazie a un fischio.

Lo sentii mentre correvamo sul marciapiede cercando di distanziare i due sgherri.

A fischiare era stato un tizio dalla faccia stretta e il mento appuntito, la testa sormontata da un cespuglio di capelli rossi.

Somigliava a una volpe. Se ne stava appollaiato su una scala antincendio proprio sopra le nostre teste.

Appena i nostri sguardi si incrociarono fece segno di entrare nella porta del magazzino alla nostra sinistra.

I due inseguitori erano ancora a una ventina di metri di distanza. Guardai Giulietta, che annuì. Non avevamo scelta. Dovevamo fidarci di faccia-di-volpe.

Era un magazzino abbandonato. Un dedalo di barili di legno, mobili accatastati, cianfrusaglie di ogni genere e tanta polvere.

«Ci hanno visti entrare. Siamo fregati» dissi io. Certo che ero proprio un tipo consolatorio. Giulietta, sempre di poche parole, ma di tanti sospiri, ne emise uno pieno d'angoscia. In effetti da lì non saremmo usciti, eravamo in trappola.

All'improvviso nella parete si aprì una porta.

«E questa da dove salta fuori?» esclamai. Era una porta segreta, di quelle perfettamente nascoste e invisibili. Sulla soglia comparve di nuovo l'uomo dalla faccia di volpe. Incredibile.

«Da questa parte, *come on!*» ci ordinò. E noi eseguimmo subito.

Richiuse la porta dietro di noi.

C'erano delle scale che portavano verso il basso, illuminate da una fila di lampadine.

«Vi ho salvato la pelle, *guys*. Dovete dire grazie a Dutch Carraway» aveva un fortissimo accento americano, ma grazie a Dio parlava italiano.

«E chi è?» chiesi io mentre lo seguivo lungo i gradini.

«Come chi è? Sono io, Dutch Carraway, in carne, ossa e mocassini di cuoio. I mocassini di Dutch non li trovate uguali da nessuna parte». Parlava a raffica. «Anche se il mio vero nome è Donato Carratù, solo che... *capisc'*... non è troppo *cool* 'sto nome. Non fa paura a nessuno. Invece Dutch Carraway... roba forte, *dont' you think?*» Gesticolava così tanto da sembrare un attore di un film muto.

«Sì, è figo» gli dissi, per farlo contento. In fondo ci aveva salvato, almeno per il momento.

«Tu invece sei quello che ha combinato tutto 'sto casino, eh? *Good boy!*»

«Casino? Che casino?»

«*Everything!* Tutto questo po' po' di roba» rispose lui facendo vorticare gli indici in aria.

«*What's your name,* ragazzì?»

«Non ci sto capendo niente, Dutch... comunque sono Guido Anselmo»

«Guido... *oh my God*... non è *cool* per niente, credi a me. Dobbiamo trovarti qualcosa di più *strong*»

«Io mi chiamo Giulietta degli Afflitti».

Si interruppe e la guardò. «A te il nome va pure bene, ma hai bisogno di vestiti. Così in giro non ci puoi andare, *capisc'*?» e si voltò di nuovo avanti, continuando a scendere (ma quanto giù stavamo andando?)

Giulietta arrossì talmente tanto che pure i capelli sembrarono cambiare colore.

«Vediamo se Ivelia ha qualcosa per te. Quella donna saprebbe tirare fuori pure uno smoking per un elefante se ce ne fosse bisogno» disse Dutch come parlando tra sé.

«A proposito… Ma voi lo avete sentito il verso tremendo di un elefante?» chiesi io.

Dutch si fermò ancora. Scoccò uno sguardo interrogativo prima a me, poi a Giulietta. Poi scoppiò in una risata stridula.

«Mi piacciono quelli che combinano casini, *bro*». Bro stava sicuramente per *brother*, fratello. «Quelli che fanno casini rendono questo mondo meno *boring*»

«Noioso» mi tradusse al volo Giulietta. Io annuii, un po' per ringraziarla un po' per dirle che avevo capito.

«Sapete cosa mi disse una volta Lucky Luciano? Lo conoscete no?» io non avevo idea di chi fosse e pure Giulietta mi sembrava parecchio perplessa.

«*By the way*, pure lui si è cambiato nome». Abbassò la voce fino a un sussurro: «Salvatore Lucania Nenna non si poteva sentire, *capisc'*? Un nome da femmina…» Ritornò poi a un tono più alto. «Lasciamo stare… che vi stavo dicendo? Ah sì, quella canaglia di Lucky mi prende per il bavero e mi fa: "È troppo tardi per essere buoni, *compa'*". Ecco cosa mi disse una sera quel criminale di Lucky Luciano». Ci fissava col sorriso sghembo stampato sulle labbra, aspettando un nostro commento.

Io e Giulietta non dicemmo nulla, ma annuimmo solennemente.

«*Capisc'*? È troppo tardi per essere buoni. Che grande Lucky! E quando mai c'era stato tempo per lui…» e con un sospiro carico di ammirazione riprese la discesa. E noi dietro.

***

«Sapete cosa è uno *speakeasy*?» ci chiese Dutch, quando alla fine della scalinata ci trovammo in una stanza del tutto vuota, con le pareti rivestite di carta da parati floreale di pessimo gusto. Non c'era aria lì dentro. E non c'era l'ombra di un mobile.

«Non è roba da ragazzini, ecco cos'è uno *speakeasy*. Si fanno cose illegali qui dentro, si vende roba proibita, *capisc'*?»

«No, Dutch. Non ho capito. Cosa si vende?»

Mi guardò a lungo, poi si portò la mano chiusa a pugno verso la faccia, col pollice in orizzontale a mimare il collo di una bottiglia.

«Roba da bere?» dissi io.

«*You go it, bro!* Whisky di prima qualità, ci puoi giurare. Arriva direttamente da Chicago». Dietro al castano chiaro dei suoi occhi danzavano scintille di fuoco.

«E perché sarebbe illegale?» chiesi io stupito.

«Da dove vieni, dalla luna, *compa'*? Mai sentito parlare di Proibizionismo? Non si può bere e vendere alcol, *capisc'*? Dobbiamo dire grazie alle Società di temperanza. Loro fanno la guerra all'alcol e noi ci arricchiamo». Il suo sorriso lo fece somigliare ancora di più a una volpe.

A quel punto Dutch bussò su una parete. Pochi istanti dopo si aprì un'altra porta invisibile. Si affacciò una donna sui vent'anni, coi capelli neri corvini tagliati a caschetto cortissimo, occhi grigi e glaciali, carnagione così chiara che si intravedevano le reti delle vene sottopelle.

«*Dutch, what are you doin'. You bring the kids in now?*»

Aveva una voce calda che fiammeggiava.

«Non sono bambini, Ivelia. Hanno bisogno di aiuto. Big Moroz li sta cercando» rispose lui, mentre ci faceva segno di seguirlo verso la porta. Ivelia si scostò e non potei fare a meno di notare il suo abbigliamento molto maschile.

«*Thank you, miss Ivelia*» disse Giulietta, con una pronuncia che mi parve perfetta.

«*Do you speak English, honey?*»

«*Yes, madame*».

Lei rise.

«*I'm not a madame for sure*».

Aveva detto che non era una signora, questo lo avevo capito.

E che cos'era allora?

***

Quando entrammo nella stanza oltre la porta, mi colpirono così tante cose che non avrei saputo da dove cominciare.

C'era una folla enorme e il chiacchiericcio era assordante. Ogni tanto esplodeva una risata così fragorosa da far rimbombare le pareti.

Ivelia ci conduceva attraverso il locale e Dutch la seguiva. Io e Giulietta chiudevamo il gruppetto. Il barman dietro al bancone di legno massiccio ci indirizzò un'occhiata innocua come un colpo di machete.

Passammo accanto a un tavolo dove quattro giocatori con le facce da galera erano impegnati in una partita di poker. Sorseggiavano un liquido ambrato da pesanti bicchieri di vetro, sotto un morbido e puzzolente tappeto di fumo di sigaretta.

Al centro del tavolo si alzava una torre di denaro. Non c'era una faccia innocente in tutto il locale e intorno a quei soldi c'erano le peggiori.

Anche la donna che stava servendo da bere sembrava pronta a tirar fuori una pistola da sotto al vassoio che teneva in mano.

Non avevo mai avuto tanta fifa in vita mia come in quel momento. Cercavo di non darla a vedere. Giulietta si era stretta a me e cercava protezione. Certo, non era una grande idea. Si stava affidando a un pesciolino rosso dentro una vasca di orche assassine.

Dutch salutava tutti con entusiasmo, gli altri rispondevano alzando al massimo il mento di un paio di centimetri. Non mi sembrava che lo rispettassero troppo.

«Ivelia, hai qualcosa per la ragazza?» chiese il nostro salvatore dalla faccia di volpe. Lei lasciò vagare uno sguardo che carezzò Giulietta e poi annuì quasi impercettibilmente.

«*Wait for me in the monkey room*» disse lei, fermandosi per un attimo e poi continuando senza di noi verso un altro punto del locale.

«Che ha detto?» chiesi a Dutch.

«Di aspettarla...» rispose lui.

«...nella stanza della scimmia» aggiunse Giulietta.

«La stanza della scimmia?»

«Esatto *bro*. Venite con me, lì nessuno ci darà fastidio».

C'erano più porte e ambienti in quello *speakeasy* che in un hotel!

Dutch infilò una chiave nel lucchetto.

Entrammo e fu subito chiaro il motivo di quel nome.

Ad accoglierci, infatti, fu l'urlo di una scimmietta che balzò sul tavolo centrale, dove erano ammonticchiate varie cassette metalliche e sacchi straripanti di soldi.

Io urlai dalla sorpresa, mentre Giulietta per la prima volta si lasciò andare a un sorriso, anzi a una vera e propria risata. Avrei dato un braccio per vederla così tutto il tempo. Quando sorrideva lo faceva con tutto il corpo: orecchie, gomiti e ginocchia comprese!

La scimmietta era abbigliata con un vestitino da superman, con tanto di mantellina rossa.

«Ma siete pazzi? Avete una scimmia vera qui dentro?»

«*Easy, boy!* Non è una scimmia. È Super Cesar» poi rivolgendosi alla scimmia «*Come on, Super Cesar!*» e l'animale salì sul braccio di Dutch con un'agilità che un campione olimpionico di ginnastica si poteva solo sognare.

La scimmietta batté le mani e io feci per accarezzarla, ma lei si ritrasse scoprendo i canini in una smorfia.

«Non gli piace essere toccato dagli estranei. Ti è andata bene che non ti ha staccato un paio di *fingers*!» mi avvisò Dutch.

«Sedetevi, Ivelia viene subito». Intanto Super Cesar saltava di qui e di lì. «Questa è la nostra stanza dei conteggi. Ma fossi in voi non farei troppe domande, *the less you know the better*».

Trasgredii subito il suo consiglio.

«Chi è Big Moroz? Hai detto alla tua amica che ci stava cercando?»

«Big Moroz è lo sfregiato. La comanda lui questa area. Il suo motto è: "Scegli da che parte stare, oppure sceglìti una fossa". E logicamente la parte che devi scegliere è la sua»

«E cosa vuole da noi?» intervenne finalmente Giulietta.

«Quello che vogliono tutti, dolcezza. L'amuleto che hai al collo».

Giulietta, istintivamente, ci portò la mano su. Devo ammettere che non ci avevo fatto caso prima di allora.

«Un amuleto?» dissi io.

«Tu sai di cosa sto parlando eh, *sweetheart*?» indirizzò le parole a Giulietta accompagnandole con uno sguardo scintillante.

L'amuleto, ora che lo osservavo meglio, raffigurava una rana di pietra rossa e liscia incastonata in un cerchio d'oro. Il tutto appeso a una catenella sottile. Anche Super Cesar sembrava interessato alla conversazione.

Giulietta tacque. Io no. «Dutch vuoi spiegarti meglio? Non ci sto capendo nulla. Se devo rischiare la vita, almeno a saperne il motivo…»

«Hai risvegliato il Mondo addormentato, *dude*»

«Diud?» pronunciai io, meno bene di lui.

«Sì, non ti spiace se ti chiamo così, vero, *dude*?»

«Sarebbe "amico"» disse sottovoce Giulietta.

«Ok. Però mi spieghi?»

«Era un bel po' che quei due matti del film aspettavano di tornare a girare la loro storia malata»

«Non ti stai riferendo mica a Klaus Voynik...» dissi io.

«Chi?»

«Claudio Verruto, volevo dire... e Aleister Caligari» mi corressi.

«Bingo!» e Dutch esplose in un singolo applauso.

«Oh mio Dio» esclamò Giulietta alzandosi dal tavolo.

«Che succede?» le chiesi.

«Non voglio tornare da loro... sono...» si fermò per trovare le parole giuste e quando ne fu più o meno certa esclamò: «Sono il male!»

«È il male anche quella vestaglia che hai addosso». Ivelia allora parlava anche italiano. Ed era entrata così di soppiatto che nessuno se n'era accorto. Almeno non io.

«Metti questi, dovrebbero andarti» le si avvicinò e le allungò una camicetta con scollo alla marinara e una gonna a pieghe. Infine, un cardigan blu scuro.

«Per le scarpe dovrai arrangiarti con i sandali che hai»

«Grazie, Ivelia».

Lei le strizzò un occhiolino. Aveva uno sguardo così diretto che quando ti puntava gli occhi addosso sembrava trapassarti da parte a parte.

«Il bagno è di là, fai in fretta» ordinò a Giulietta.

***

«La ragazzina ha sottratto l'amuleto a Caligari e loro lo rivogliono» disse Dutch, quando rimanemmo soli. Ivelia era andata via, Giulietta a cambiarsi.

«Perché?»

«Perché solo così si può mettere fine a questo caos! Ci sei cascato, *capisc'*? Loro volevano solo ritornare e tu hai aperto il varco *with that book*!»

«Vuoi dire con le parole che ho recitato sotto il tempio?»

«*Yes!* Ma che avevi in testa? Non sapevi a cosa andavi incontro?»

«No che non lo sapevo!»

Ormai ero isterico. Sentivo addirittura le lacrime salire a galla.

«*All right… take it easy, dude.* Respira» disse lui. Pure Super Cesar si stava scaldando e strepitava come un'ossessa.

«La situazione è questa. Loro sono tornati e tutto il parco si è animato. Ora vive, viviamo tutti *capisc'*?»

«Ma io non volevo…»

«Non importa cosa volevi, ora sono guai, *dude*. Entro l'alba devi portare l'amuleto a una persona. Solo lui *can help you*. Sennò sono guai seri. *Serious troubles*».

«Chi è questa persona?»

«Federico Ternef, *remember this name*. Federico Ternef… lui vi aiuterà».

Prima che potessi chiedergli chi fosse e dove si trovasse ci furono tre avvenimenti che fecero precipitare la situazione.

Tutto andò a rotoli e Dutch ne pagò le conseguenze.

Capitolo 8
Big Moroz, che poi era tutt'altro che big

Primo avvenimento.

Giulietta uscì dal bagno in tutta la sua sfolgorante bellezza. Vestita con gli abiti in voga nei ruggenti Anni Venti era un autentico spettacolo della natura.

Secondo.

Il maledetto Super Cesar guizzò da uno sgabello e si tuffò sul vestito di Giulietta, afferrando in un lampo il suo amuleto.

Terzo.

La porta della stanza dei conteggi (o stanza della scimmia) esplose, spazzata via da un calcio violentissimo. Entrarono l'uomo con la cicatrice: Big Moroz (che poi era tutt'altro che big, anzi era decisamente basso, vai a capire come si scelgono i soprannomi!) e i suoi due tirapiedi, ora senza fazzoletti a coprirne i volti dall'espressione ottusa.

La scimmietta, con l'abilità della sua specie, si dileguò velocemente tra le loro gambe e io mi resi conto che in un istante avevamo perso l'amuleto e la speranza di uscire vivi da lì.

«Bene bene, eccoli qui i due piccioncini» bofonchiò il gangster di cui ora notavo la pelle scura e untuosa e la mole tozza da cinghiale. Aveva un sigaro incastrato tra indice e medio. L'unica via d'uscita davanti a noi era occupata dai tre criminali. Gettai uno sguardo oltre le loro spalle e mi sembrò che nella bisca clandestina non ci fosse più anima viva.

Che fine avevano fatto tutti?

Ero paralizzato, ma raccolsi quel poco fiato che mi era rimasto in gola per provare a trattare.

«Mi scusi signore, noi l'amuleto non lo abbiamo più. L'ha preso la scimmia»

«Capo, lasci stare i ragazzi. Non hanno fatto niente. Sono qui per caso» Dutch prese le nostre difese.

«E a te chi ha dato il permesso di parlare, verme?»

Dutch abbassò la testa mortificato.

«Una scimmia ha preso l'amuleto eh?» disse, posando il suo sguardo porcino su di me. Si portò il sigaro alla bocca. «Per consegnarlo alla gang degli ippopotami, forse?» rise così forte che la cicatrice sul volto sembrò animarsi.

Gli scagnozzi risero in coro con lui. Poi Big Moroz si fece di nuovo serio e l'ilarità si spense anche sul volto degli altri. Sollevò la testa. Era un segnale.

I due tirapiedi alzarono le pistole.

La mia vescica si riempì di colpo, sul punto di scoppiare. Me la sarei fatta sotto da lì a qualche secondo.

Il buon Dutch si mise davanti a noi a farci da scudo.

«Che vuoi fare, l'eroe? È arrivato superverme, ragazzi!» sghignazzò Big Moroz. Come al solito gli altri due risero a comando. E come già era successo il capo in un *clic* smetteva di ridere.

Big Moroz si avvicinò a Dutch. Senza preavviso lo colpì in faccia con uno schiaffo pesante. Così duramente da spaccargli il labbro. Poi estrasse un fazzoletto dal taschino e si ripulì le nocche insanguinate.

Approfittando del momento di distrazione, Dutch ancora dolorante fece un segno con la testa per indicarci il bagno dietro di noi. Giulietta afferrò al volo. Lei c'era appena stata e sapeva qualcosa che io non sapevo.

"Ora o mai più" pensai.

Afferrai Giulietta e ci infilammo nel gabinetto. Lei chiuse subito la porta a chiave.

Una grandinata di pugni sul legno.

«Aprite questa dannata porta, mocciosi!» tuonò il boss.

«Non lo abbiamo il suo maledetto amuleto!» risposi io, esasperato.

«Ok, aprite e fatemi controllare». Il repentino cambio di tono mi fece pensare alla favola dei tre porcellini e il lupo che cerca di entrare facendo finta di essere buono.

«La grata» disse sottovoce Giulietta additandone una sopra al wc, abbastanza ampia per noi due. Era la nostra unica possibilità.

«Non vi farò nulla» gridò ancora Big Moroz.

«Non gli credete, trovate l'amuleto e portatelo a Feder...»

Un colpo di pistola scosse ogni cosa troncando la frase di Dutch Carraway. Un rumore assordante, come un tuono in un barattolo.

Gridammo, io e Giulietta, nello stesso momento. Dovevamo uscire urgentemente di lì. Con le pistole non si scherza. Staccammo la grata dalla parete. Per fortuna non era inchiodata nel muro.

Si infilò prima lei, poi io la seguii.

Era un cunicolo angusto e buio. Un posto spaventoso che di sicuro avrebbe tenuto alla larga quei tre terribili criminali che non avrebbero mai potuto passare da lì dentro.

***

Uscimmo dal condotto dopo averlo percorso per tre o quattro minuti, prendendo poi una scaletta e infine mettendo fuori la testa da una specie di tombino. Quella tubatura non aveva altro scopo che essere una via di fuga. Poco, ma sicuro. In tempi di locali clandestini, le uscite segrete erano parte dell'architettura, evidentemente.

C'era un silenzio confortevole anche se avevo ancora nelle orecchie e nel cervello il suono dello sparo. Nei film non era così spaventoso.

Adesso dovevo pensare a Giulietta. E a come uscire da quella situazione. Uscirne davvero, intendo.

E questa era un'altra lezione che stavo imparando sull'amore: ti costringe a pensare molto meno a te stesso. Per la prima volta mi importava del benessere di un'altra persona che non fossi io. Bisognava pensare in fretta.

Innanzitutto, *osservazione*. Il nonno non smetteva mai di ripetermelo. Quando sei nei guai, devi raccogliere quante più informazioni è possibile.

Osserva, ascolta. E poi agisci.

Mi resi conto che la strada newyorkese era alle nostre spalle con il suo luccichìo di insegne al neon e il gran movimento di uomini e auto. Eravamo proprio sul limite della zona di Cinecittà dedicata alle scenografie della vecchia America. Anche se ormai chiamarle "scenografie" era fuori luogo.

Avevano preso vita, altro che fondali di cartapesta!

«Che facciamo?» mi chiese Giulietta.

La guardai e pensai: "Dio, come vorrei una risposta!"

Invece annaspavo in un lago di confusione.

«Dobbiamo trovare Super Cesar?» fece lei, giustamente.

«Sì e dove la troviamo una scimmietta così piccola in un posto così grande? È come cercare un ago in un pagliaio».

Oh, nooo, ormai la nonna e i suoi proverbi si erano impossessati anche della mia bocca.

«Guido…» disse la ragazza.

«Scusa, Giulietta, non dovrei essere così pessimista… ma ci serve un piano…»

«Guido…» cercava di attirare la mia attenzione, ma facendo così mi distraeva.

«Mio nonno dice che per trovare la soluzione bisogna vagliare tutte le informazioni in nostro…»

«GUIDO! Super Cesar è lì!» alzò la voce e, afferrandomi per le spalle, mi fece voltare nella direzione del suo sguardo.

***

Immobile su un lampione, Super Cesar attendeva. Col ciondolo in mano e un ghigno beffardo stampato sulla faccia. Non si dovrebbe mai odiare un animale. Ma quella scimmietta era capace di aizzare le fiamme dentro di me e farmi ribollire il sangue.

Partimmo all'inseguimento.

Un occhio alla bestiolina in tutina blu attillata e mantello rosso, un occhio al cielo sopra Cinecittà World che di sicuro non era come avrebbe dovuto essere. Le grosse nuvole addensate in alto erano orlate da un bagliore purpureo e la luna aveva una sfumatura leggera di verde che la faceva sembrare un kiwi ancora acerbo.

"Che notte assurda!" pensai.

«È andato da quella parte. Verso la piazza!» gridò Giulietta.

Super Cesar non dava l'impressione di fuggire, sembrava piuttosto che volesse essere seguito. Se fosse stato vero, noi stavamo cadendo nella sua trappola. Passò nel mezzo di un vasto spazio.

Un cartello recitava: "Piazza Dino De Laurentiis".

Alla nostra sinistra la strada in mattoni si interrompeva bruscamente contro una scultura strampalata: una testa femminile emergeva dal marciapiede fino al naso. Aveva una corona molto elaborata e un paio di occhi di un bianco nettissimo, incastonati nella pietra scura della statua. E aveva un'espressione impaurita o quantomeno sorpresa.

La faccia della statua della libertà, notai. Pochi metri oltre il capoccione coronato vi era il più classico dei tendoni da circo. Due grosse punte che bucavano il cielo da cui scendevano i teloni del padiglione a spicchi rossi e bianchi.

«Avviciniamoci piano» sussurrai indicandole la scimmietta.

Super Cesar lanciò una risata stridula. Si mise sulle zampette posteriori e fece roteare l'amuleto.

Eravamo a pochi passi da lui quando dal suolo cominciarono a zampillare dei maestosi getti d'acqua che, dopo aver disegnato un grosso arco, si rituffavano dalla parte opposta.

Congelati dalla sorpresa, restammo sul bordo della fontana appena nata. Intanto Super Cesar era al riparo dentro al tunnel creato dai getti acquatici.

Asciutto, in attesa.

Giulietta si sbloccò e si lanciò verso di lui, fregandosene di inzupparsi tutta.

Mi riempii i polmoni dell'aria umida, crepitante, della notte di Valpurga e mi lanciai anche io.

Quando, tutto bagnato, raggiunsi Giulietta nella galleria degli spruzzi, la trovai sola. Del maledetto piccolo primate non c'era ombra.

Sotto l'arco di acqua e luci il mio cervello abbandonò i progetti di avventura per concentrarsi sulla splendida ragazza al mio fianco.

Il tempo, fermatosi nella contemplazione di Giulietta, riprese a scorrere a velocità doppia. All'improvviso e in maniera traumatica.

Il pericolo mandò in frantumi il mio momento di estasi.

«Guarda!» gridò lei. «Spettri!»

«Cosa?»

«SPETTRI!» stavolta gridò a una frequenza talmente alta che fu a tanto così dal lesionarmi i timpani.

Mi voltai in direzione del suo dito e quello che vidi quasi mi fece schizzare gli occhi fuori dalle orbite. Per non farla lunga: due uomini fluttuanti e incorporei avanzavano lenti dall'altra estremità della galleria d'acqua. Riuscivo a vedere attraverso di loro, attraverso il loro bagliore ectoplasmatico.

Rabbrividimmo in coro io e Giulietta. Un duetto di paura allo stato primordiale.

Non ci fu bisogno di dire nulla. Ci prendemmo per mano e scappammo in direzione del tendone del circo. Avevo una voglia terribile di guardarmi indietro per valutare la distanza dei due "cosi" da noi. Scoprii che correre e voltarsi era un'operazione tremendamente difficile. Lo so, nei film lo fanno in continuazione. Ma il cinema è una cosa, la realtà è un'altra.

I lugubri versi dei due fantasmi mi arrivavano distintamente alle orecchie. Mi fermai per un attimo e notai meglio le loro facce. O quelle che una volta dovevano esserlo state. I lineamenti sembravano liquefatti, le orbite svuotate, i pochi capelli lunghi spuntavano dal cranio trasparente come vermi evanescenti.

Sentii lo stomaco farsi di pietra dal terrore. Dove potevamo scappare con quegli esseri mostruosi alle spalle?

***

Fu Super Cesar a mostrarci la strada.

Nelle sabbie mobili del panico in cui stavamo sprofondando, arrivò la zampetta della scimmia a tirarci fuori. Urlò, con quello strepito acuto simile a una risata sguaiata che hanno certe scimmie.

Io e Giulietta ci voltammo verso il suono.

Super Cesar era spuntato davanti al tendone del circo. E ci indicava di raggiungerlo con un eloquente gesto della zampa. Se qualcuno pensasse ancora che non discendiamo dalle scimmie avrebbe dovuto vedere in azione quel piccolo macaco.

«Al circo!» gridai. Giulietta si fece guidare.

Gli spettri dietro di noi rantolavano come cani asmatici. Erano sì spaventosi, ma anche terribilmente lenti. Classici zombie, per intenderci.

Riuscimmo a distanziarli e a intrufolarci nel tendone bianco e rosso.

"FELLINI CIRCUS" recitava la scritta a caratteri luminosi.

Fellini? Avevo già sentito quel nome, ma non riuscivo a ricordare dove.

Ad attenderci c'era un buio così denso che avere gli occhi chiusi o aperti non faceva alcuna differenza.

«Guido… ho paura» pigolò Giulietta.

«Non temere… se Super Cesar ci ha richiamato qui dev'esserci un motivo». Una frase assurda in una notte folle. Come potevamo fidarci di un macaco dispettoso che non aveva avuto scrupoli a fregarci l'amuleto?

A quel punto apparve una fiammella.

Io e Giulietta trasalimmo. A reggere il fiammifero c'era sempre la scimmietta nei cui occhi sgranati scintillava il riverbero del piccolo fuoco.

«Questa poi!» esclamai io.

«Vuole che la seguiamo» commentò Giulietta.

Il macaco mandò un urletto strozzato. Poi il fiammifero si spense. La luce fu ingoiata dalle fauci del buio e io e Giulietta istintivamente ci trovammo stretti in un abbraccio di terrore. Avevo lo stomaco annodato dall'angoscia. Il silenzio si prese tutta la scena per pochi istanti. Non avevamo il coraggio nemmeno di parlare.

Poi un suono cupo, una specie di ringhio sommesso. E infine qualcuno si schiarì la gola.

Non eravamo soli nell'oscurità del Circo Fellini.

Capitolo 9
Sarà l'inizio della grande risurrezione delle ombre

Un enorme *clic* squarciò il vuoto.

Un interruttore industriale era scattato da qualche parte. E, una frazione di secondo dopo, dal soffitto era piovuta un cono di luce accecante. Un "occhio di bue" teatrale.

Io e Giulietta istintivamente ci coprimmo gli occhi. Brevi abbai in sequenza come scariche di petardi ci rivelarono la presenza di un piccolo cane. Non era da solo, notammo subito.

Al centro del fascio luminoso c'era una donna seduta su uno sgabello alto, di quelli che si usano di solito ai banconi dei bar. E al suo fianco, appunto, un cagnolino di piccola taglia e la nostra cara scimmietta ruba-amuleti.

Il ciondolo, però, adesso era nelle mani della donna, che lo faceva oscillare con un movimento ipnotico.

Era una signora sui quarant'anni, dall'aria affascinante. Occhi felini, zigomi alti e un alone di riccioli biondi che le incorniciavano il viso pallido come porcellana e la fronte alta su cui la luce si spandeva come un lenzuolo sfavillante. Elegantemente vestita con uno smoking classico e un cappello a cilindro.

Cinquanta per cento direttore di circo, cinquanta per cento aristocratica britannica.

«Miei cari, perdonate l'entrata teatrale, ma c'è sempre bisogno di un po' di scena». Aveva una voce potente, un po' mascolina e indurita da un accento che mi pareva tedesco. «Mi chiamo Marlene Blauengel e il piccolo bastardino ai miei piedi è Flaik. Super Cesar lo conoscete già»

«Sì e non si può dire che sia stato un piacere» bofonchiai.

«Avvicinatevi» non era un comando, ma dalla bocca di Marlene uscivano parole definitive, come se lo fossero.

Avanzammo in silenzio, stretti, stretti.

«Siete una coppia molto simpatica» disse lei.

«Non siamo una coppia» si affrettò a puntualizzare Giulietta e per me fu peggio che ricevere un calcio sui denti.

Marlene rise, non so se per ammirazione nei confronti della ragazza o per aver notato l'espressione da pulcino bagnato che sicuramente mi era comparsa sul volto.

«Sapete cosa sta succedendo?» chiese lei, sporgendosi un po' verso di noi. Prima del suono della sua domanda mi arrivò il profumo caldo e ammaliante che spandeva il suo corpo, neanche fosse un fiore pronto a catturare insetti per farsi impollinare.

«No!» dissi io. «Sì!» disse Giulietta nello stesso momento.

Ne venne fuori un buffo siparietto comico.

«Perfetta sintonia, eh?» ironizzò Marlene. «Non avete parlato tra di voi?»

«E come potevamo? Da quando è iniziato questo delirio provano continuamente a farci fuori» risposi io.

«Be', la posta in gioco è alta» ammise Marlene.

«Mi scusi… ma lei chi è?» chiesi.

«Io?» il suo sguardo sembrò avvampare per un attimo. «Sono una delle illusioni che stanotte tu hai reso reale» allargò le braccia con un gesto che voleva contenere tutto ciò che c'era intorno.

«Io sono parte del grande sogno del cinema che stanotte, grazie a te o per colpa tua, è diventato tangibile»

«Tangibile?» feci io.

«Vuol dire che si può toccare» suggerì Giulietta.

«Guardi, signora Marlene Blueblabe...» mi impappinai col difficile cognome.

«Blauengel...» mi corresse.

«Sì... guardi che io non volevo far nulla, men che mai interferire con il sogno del cinema. Ho trovato un libro, recitato una frase senza senso...»

«Parole senza senso...» ripeté lei, accigliandosi. «Guido Anselmo, quella frase è un trabocchetto. È intrisa della stregoneria di Caligari. È la chiave per aprire il portale che divide la realtà dall'incubo»

«Ha ragione Marlene» Giulietta prese la parola. «Io c'ero lì. Io ero una delle attrici del film»

«Tu?» la guardai con gli occhi spalancati come la bocca di un vulcano.

«Sì. Dovevamo girare *Darkmare*. Il regista Verruto era tutto eccitato quella sera. Noi non sapevamo esattamente cosa stesse succedendo. Diceva che dovevamo aspettare la mezzanotte e poi tutto avrebbe avuto senso. Non avevamo nemmeno la sceneggiatura»

«Sarebbe il copione, giusto?» chiesi ingenuamente.

Marlene alzò gli occhi al cielo a quella domanda ignorante. Super Cesar si diede una manata sulla testa col tipico gesto di chi è disperato.

«Sì, i dialoghi e le azioni» rispose Giulietta. «Non c'era nulla. Verruto non si vide per un po', poi andò via. Dopo poco comparve il direttore della fotografia: Caligari. Era alto, anziano, capelli lunghi e bianchi, un pizzetto di barba triangolare appuntito. Vestiva tutto di nero...»

«E che me lo dici a fare...» intervenni io, come al solito a sproposito.

«La cosa più assurda era che intorno alla sua figura sembrava scintillare un vortice di luci che sfarfallavano su e giù nell'aria. Non sapevamo cosa pensare»

«Ma era un effetto speciale? O era tutto vero?»

«Non lo so. Eravamo chiusi nel teatro di posa senza poter uscire. Già da ore, quello era reale di sicuro».

Marlene continuò da dove si era interrotta la ragazza: «Voynik voleva girare un film sulla notte di Valpurga, ma tutto doveva essere più vero del vero. Si faceva chiamare Verruto e si unì a questo Alister Caligari, che lo aiutò a scatenare gli Inferi, squarciando il velo tra i due mondi. Quello della realtà e quello dell'immaginazione. Un mondo brulicante di demoni, spettri, streghe» raccontò la donna, ora alzatasi dallo sgabello. Camminava avanti e indietro sulle gambe chilometriche.

«È vero» intervenne Giulietta. «Caligari pronunciò quella specie di filastrocca infantile *Asa Nisi Masa Oso Rasa*. La pronunciava come una cantilena. Dall'amuleto sfolgorò una luce fortissima e nel teatro di posa dove eravamo si alzò un vento gelido. Dal nulla apparirono creature…» non riusciva ad andare avanti.

Marlene la raggiunse e la strinse in un abbraccio. «Su, su, Giulietta…»

«Davvero apparvero demoni e spettri?» ero curioso da morire.

«Sì… è stato terribile. Il regista non si vedeva da nessuna parte, ma sentivamo la sua voce al megafono. Continuava a gridare che era perfetto. *Das ist sehr schön und überaus locker!*»

«Eh?» non avevo capito una parola.

«Vuol dire che tutto gli sembrava perfetto, proprio come lo voleva» tradusse Marlene.

«Poi fu Caligari a sparire. Mentre Verruto/Voynik era comparso dietro la macchina da presa, pronto a girare il suo film» continuò la ragazza. «Gridò "Azione". Era tutto vero. Non era una finzione. Streghe e demoni cominciarono a scagliarsi contro la troupe e il cast. Io ero con mia madre, lei era un'attrice, molto brava anche se sconosciuta. Eravamo tutti sconosciuti. Riuscimmo a trovare rifugio dentro una specie di grande baule pieno di vestiti di scena. Intorno c'era l'Inferno. Le creature scatenate da Caligari appiccarono un fuoco. Verruto voleva una danza sfrenata di mostri intorno alle fiamme»

«Allora aveva ragione Fracassi quando mi parlava delle leggende sul film! L'incendio era stato acceso volontariamente». Ero in preda all'euforia della rivelazione. Poi mi bloccai di botto. Vidi accanto a me Giulietta e mi resi conto che le cose non tornavano.

«Giu', ma che ti è successo? Come è possibile che tu sia qui?»

Lei non rispose, ma notai il labbro inferiore che tremava. Un segno tipico di lacrime in arrivo.

«Guido, qui noi siamo tutte ombre ormai. Anche la tua Giulietta» disse Marlene.

***

«Ombre? Che vuol dire che siete ombre?» chiesi a Giulietta e a Marlene allo stesso tempo.

«Vuol dire che non esistiamo se non in questa notte assurda. E con l'arrivo della luce del sole dovremmo tornare nel buio da cui veniamo. Io non esisto nella vita reale, capisci? Per quanto forte sia la tentazione di restare qui, devo tornare al mondo di ombre a cui appartengo. E anche Giulietta. Quella notte di quasi sessant'anni fa, lei è diventata un personaggio e ha smesso di essere chi era» disse Marlene.

«Tu, Giulietta, un'ombra?» avevo la voce incrinata dalla confusione.

Lei annuì. Mi sentii sopraffatto da un'onda di tristezza. Forse era questa sensazione di stomaco annodato, di pietrificazione del respiro a costringere mio padre a letto?

«Voynik e Caligari vogliono qualcosa di diverso». Marlene interruppe i miei pensieri. «Il loro piano è il caos. Mescolare vita reale e vita di finzione. Persone vere e ombre. Vivi e morti. Hanno diffuso delle trappole nel mondo per innescare il potere dell'amuleto. Dove hai trovato la frase che hai recitato?»

«In un libro...» dissi io.

«In un libro... che fantasia!» esclamò delusa Marlene. «Comunque quei due pazzi hanno usato *Ḥaqătat*, l'Amuleto della Rana di Diaspro, per squarciare il velo tra il mondo dei vivi e quello delle ombre»

«*Ḥaqătat*?» e mentre lo dicevo subivo il fascino di quell'oggetto prezioso in cui predominavano l'oro e una grossa pietra rossa a forma di rana.

«È un antichissimo amuleto egizio»

«Gli egizi! Lo sapevo!» interruppi io. «Sempre loro»

«Gli amuleti erano inizialmente utilizzati per accompagnare e sorvegliare il riposo eterno dei defunti. Venivano messi tra le bende che avvolgevano le mummie per difendere i morti dai demoni che incontrava nel viaggio dell'oltretomba». Marlene alzò l'amuleto proprio all'altezza dei miei occhi. E continuò.

«Questo è chiamato *Ḥaqătat*. Utilizzarono l'oro, il "cibo degli dei". La vedi questa pietra? È diaspro e raffigura la rana che loro consideravano animale sacro. Se portato dai vivi, l'amuleto "garantiva" la fertilità; se invece veniva posto nelle sepolture, portava ai defunti il dono della resurrezione!»

«Resurrezione?» esclamai.

«Questo talismano è un concentrato di stregoneria, se non viene distrutto entro l'alba non immagini il caos che ne deriverà»

«Spiegati meglio».

Lo volevo davvero sapere? Avevo il presentimento che sarebbe stato meglio non aver fatto questa richiesta.

«Se all'alba l'amuleto sarà ancora intatto, la maledizione di *Ḥaqătat* si diffonderà da qui a tutto il resto della città e poi oltre. I personaggi usciranno dai film. Sarà come aprire il vaso di Pandora del cinema. Sarà l'inizio della grande risurrezione delle ombre».

Pensai a Freddy Krueger di *Nightmare*, *La mummia*, *Godzilla*, Jason di *Venerdì 13*, Michael Myers di *Halloween*, *Thano*s, lo *Slender Man*, lo *Squalo*, quell'assurda bambola assassina (mi assalirono i brividi al solo pensiero di Chucky)...

Ormai la mia mente era partita con tutto il catalogo dei cattivi e dei mostri. Mi venne il capogiro.

«Distruggiamo l'amuleto, allora» urlai.

Marlene fece un sorriso finto come i soldi del Monopoly. Quindi schioccò le dita. Super Cesar, che fino a quel momento se n'era stato tranquillo a spulciare il cagnolino con lo zelo di un'estetista professionista, scattò subito sull'attenti e sparì nella zona buia del tendone. Tornò dopo pochissimi istanti con un grande martello, che trascinava per terra, doveva pesare un quintale considerando le sue esili braccine. Marlene lo aiutò.

«Che devi fare con quel martello?» chiesi io. La donna mi indirizzò un altro sorriso di cartapesta. E a quel punto sollevò in aria il martello per poi farlo ricadere pesantemente sull'amuleto, che intanto aveva depositato al suolo. Il rumore fu terribile, ma la botta non lo scalfì minimamente.

Super Cesar applaudì isterico.

Flaik sbadigliò.

Giulietta si portò istintivamente le mani alla bocca.

Io guardai prima lei e poi Marlene, che commentò: «Come vedi non è così semplice. L'avrei già fatto. Siamo riusciti a rubarlo, io e gli altri della confraternita della Rosa Purpurea, ma ora ci serve il vostro aiuto...» Forse aveva notato la nostra perplessità. «La confraternita non è una setta o roba del genere, è solo una parte di noi che sta cercando di rimettere ordine dentro tutto questo casino»

«Avete provato col fuoco?» fece Giulietta a sorpresa.

«Perspicace, la ragazzina». C'era sincera ammirazione nelle parole della signora Blauengel. «Il problema è che questo è un talismano magico e come puoi immaginare ci vuole un fuoco speciale».

Non finì nemmeno di dire la frase che Flaik si scrollò via dal pelo ispido la sua sonnolenza, e si mise in allerta. Scattò in avanti con le orecchie ritte e puntò gli occhi alle nostre spalle, verso l'oscurità.

«Ha avvertito qualcosa» disse Marlene preoccupata.

***

Quello che successe dopo il primo abbaio di Flaik fu un autentico delirio.

Chi ha paura del buio sa bene che nelle sue viscere si nascondono i mostri peggiori. E in quel caso avrebbe avuto ragione. Dall'oscurità compatta alle nostre spalle emergeva un manipolo di brutte creature. Materiale da brividi che arrivava dritto dritto dalla notte di Valpurga.

Giulietta urlò: «I demoni!»

Le credetti sulla parola, anche se ancora non li vedevo. Marlene mi allungò l'amuleto: «Non perderlo per nessun motivo al mondo».

Le avrei risposto che un attacco demoniaco sarebbe stata una buona ragione per smarrirlo. Non lo dissi. Lo afferrai e me lo misi al collo. Bruciava sulla pelle. E il rosso diaspro che raffigurava la rana pulsava. Emetteva una luce debole, ma ben visibile.

«Trovate Ternef, lui vi darà il fuoco che vi serve... ah, e pure il controincantesimo!» Marlene mi gettò in faccia queste indicazioni stringendomi le spalle e fissandomi dritto negli occhi. Federico Ternef, ancora lui. Non mentiva, allora, la buonanima del nostro amico a Gangster city.

«E dove lo troviamo?»

«Nella pancia di ferro del grande rapace» disse lei e mi lasciò per lanciarsi addosso alle figure ormai ben visibili.

Erano in quattro.

Il più impressionante era una specie di gigante grasso, seminudo, con il cranio pelato e bitorzoluto. Una minacciosa mannaia in pugno. Nelle sue mani enormi sembrava un aggeggio buono per aprire una noce di cocco. In realtà era maledettamente grande e affilata: altro che cocco!

Accanto a lui un incrocio spaventoso tra uomo e capra. I suoi piedi zoccolati creavano dei piccoli scoppi sul terreno del circo, mentre avanzava verso di noi. Corna arrotolate dall'aspetto massiccio sormontavano la sua testa. E sulle labbra c'era un ghigno efferato. Se il colosso lardoso era il braccio, quella specie di fauno doveva essere la mente.

Infine, due esseri verdastri alti e allampanati. Pensai fossero goblin. Poi mi dissi che non era il momento di mettere etichette e fare l'inventario dei mostri. Era il caso di fare una e una sola cosa: scappare da lì.

E il più velocemente possibile.

«Andate via, ci pensiamo noi a loro. Trovate Ternef!» gridò Marlene ed estrasse dallo smoking una rivoltella, piccola ed elegante. Bella per una mostra sulle pistole da compagnia forse, ma dubitavo sarebbe stata efficace contro i quattro avanzi di Inferno.

Correndo con Giulietta verso un varco indicato da Flaik con abbai scoppiettanti, colsi con la coda dell'occhio scampoli di battaglia tra i nostri due amici e la doppia coppia di esseri malvagi. Gli pseudo-goblin vomitarono grumi nauseabondi di bava viscida e giallognola sui nostri alleati mentre il gigante flaccido faceva cadere la sua possente scure. Non avrei puntato dieci centesimi sulla donna e Super Cesar.

Capitolo 10
Quando non conosci la direzione l'unica bussola è l'istinto

«Che ne sarà di loro?» chiese Giulietta, una volta che fummo fuori dal Fellini Circus.

«Se la caveranno» risposi io, senza crederci nemmeno per un momento.

Intanto avevamo ripreso la nostra fuga notturna nel parco. Alzai la testa e mi sembrò di vedere in cielo sfrecciare un grande uccello. Quando però misi a fuoco bene, mi accorsi che non si trattava di un pennuto. Era qualcosa di infinitamente peggio.

Una strega su una scopa.

Io avevo smesso di credere alla Befana all'età di 3 anni (per Babbo Natale c'era voluto qualche altro anno). E ora, tutto a un tratto, dovevo rivedere le mie credenze.

Feci finta di nulla per non spaventare Giulietta e proseguimmo, tenendo per me l'assurda visione.

Alla nostra compagnia si era unito anche Flaik e tutti e tre prendemmo lo stretto viale che costeggiava un enorme capannone. Cercavamo di camminare acquattati il più possibile, ma il problema è che non avevamo idea di dove dirigerci.

Facemmo un paio di svolte ad angolo retto e scavalcammo un basso muretto. Passammo poi sotto un grande autobus conficcato nella parete di un altro capannone. Forse un teatro di posa.

Sembrava che quel veicolo avesse sfondato il muro e se ne stesse in bilico per miracolo. Faceva un rumore di ferraglia impressionante, mentre basculava lentamente, sul punto di precipitare.

Si trattava sicuramente di una bella scenografia che il creatore del parco aveva immaginato per dare un senso di tensione all'ambiente. Ma quello che nella normalità di Cinecittà World era un puro abbellimento catastrofico, quella notte aveva finito per prendere vita. Compreso quel mezzo in bilico. Così dai finestrini aperti, che si affacciavano su un baratro di almeno venti metri di altezza, si sbracciavano povere persone sconvolte dalla paura. Gridavano aiuto, piangevano, si disperavano.

«Facciamo qualcosa per aiutarli» disse con animo candido Giulietta. E io pensai: "Certo, se fossi Spiderman mi arrampicherei fino a lassù per salvarli". Purtroppo, le uniche ragnatele che avevo erano tutte formate in quelle parti del cervello dedicate al coraggio e alle idee brillanti.

«Non possiamo, Giulietta, non saprei che cosa fare».

E loro gridavano, gridavano, gridavano.

«Sono solo ombre, personaggi di un film» provai a dire per consolarla. Logicamente feci una gaffe grande quanto Godzilla. Sul suo volto comparve una nuvola di delusione. Era anche lei un'ombra.

Ci sono certe figuracce che se provi a cancellare con delle scuse rischi di fare come con quelle macchie che più strofini e imbevi d'acqua e più si allargano. Quindi non dissi nulla se non un perentorio: «Andiamo via di qui, è troppo pericoloso». Lei mi seguì docile, ma non smetteva di voltarsi indietro verso i passeggeri disperati dell'autobus sospeso nel vuoto.

***

Forse era arrivato il momento di riflettere sugli eventi di quella nottata. Era stato tutto così movimentato nell'ultima ora e mezza. Non poteva essere diversamente. Questo era un "casino a tempo", cioè un'avventura a scadenza. Alla fine del buio ci saremmo ritrovati sulla soglia di un guaio di proporzioni cosmiche.

Ciò significava che avevamo altre quattro ore e mezza. Sapevo bene che in quei giorni il sole sorgeva poco dopo le sei, perché mia madre si svegliava sempre intorno a quell'ora e spesso capitava anche a me di aprire gli occhi in seguito al fracasso proveniente della cucina, dove lei riordinava e avviava la lavastoviglie.

Quattro ore e mezza per trovare questo tizio di nome Ternef, farci dare il fuoco magico (che poi vai a capire che significava) e distruggere l'amuleto. Tutto questo provando a restare vivi, respingendo attacchi di criminali, demoni, fauni, goblin, streghe, giganti ciccioni e chissà cos'altro, vomitato dal varco dimensionale aperto da quei due pazzi di Voynik e Caligari.

Ci eravamo riparati sotto delle palme in una specie di giungla. Prendevamo fiato. Flaik aveva la lingua srotolata fuori dalla bocca, lunga quanto una fila alle casse dell'Ikea di domenica pomeriggio. E stavamo cercando di capire cosa fare.

Il primo problema era risolvere il mistero dell'indicazione di Marlene: Ternef è nella "pancia metallica del grande rapace". Non poteva dirci il posto esatto senza mettersi a fare indovinelli, pace all'anima sua?

«Tu hai visto un grosso uccello di metallo qui dentro?» chiesi a Giulietta. Lei ci pensò un attimo. Poi scosse la testa.

«Sicura? Dai, fai uno sforzo»

«No, davvero, Guido. Non è che lo conosca bene questo parco. Per la verità non lo conosco per nulla. Quando venimmo qui per girare il film era tutto diverso».

Flaik abbaiò. Era più simile a un colpo di tosse a dire il vero.

«Ha avvertito qualcosa» commentò Giulietta alzandosi in piedi. In quello stesso istante il cagnolino cominciò a mulinare le piccole zampette e sparì dalla nostra vista.

«Seguiamolo, Guido!»

«Ma no, lascialo andare». Stavo pensando ad altro, Flaik era la mia ultima preoccupazione. L'ennesimo abbaiare da lontano attirò la nostra attenzione.

«Dici che dovremmo andare a vedere?» chiesi.

Giulietta annuì. Sospirai e dissi: «In che direzione?»

«Mia madre dice sempre che quando non conosci la direzione l'unica bussola è l'istinto».

Feci una specie di sorriso. O almeno questa era la mia intenzione. «Che ti dice l'istinto?»

Si guardò intorno e disse: «Di là. Mi pare che Flaik sia andato di là» indicando la nostra sinistra, dove si dipanava un sentiero contornato da cespugli alti e ben curati.

«E sinistra sia».

***

> E questa è la tenzone: pronti a spegnere il grande incendio al centro dell'attrazione?
>
> Mirate bene ai fori altrimenti son dolori!

Era la frase sotto al cartello dell'attrazione "Pompieri", che poteva essere anche divertente, se non fosse stata posseduta.

Già, posseduta dalla follia della notte di Valpurga: su tre delle cinque piattaforme colorate che andavano su e giù, dotate di cannoncini spara-acqua e rotanti intorno a un perno che rappresentava un falso incendio, c'erano infatti tre mucchi d'ossa viventi!

«Per la barba di un mentecatto!» esclamò Giulietta. «Ma quelli sono...»

Scheletri!

E con lo schioccare di giunture e articolazioni sembrava se la stessero spassando a centrare i fori dei pannelli attraverso i quali si colpiva il centro dell'attrazione.

Restai muto e impalato come un cactus in una prateria.

Per fortuna i tre allegri compari sottopeso non ci avevano notato, impegnati a spegnere il fuoco della giostra. Però noi avevamo Flaik e lui non sembrava disposto a starsene zitto. Qualcosa scattò nella sua testolina animale e si precipitò con un balzo fuori dai cespugli dove ci eravamo acquattati. Lo fece con la discrezione di un carro armato in movimento. Abbaiava, strepitava, ringhiava.

Gli scheletri si fermarono e lo guardarono, ammesso che ne fossero in grado con quelle orbite svuotate di bulbi oculari.

Flaik abbaiava così forte che il rinculo lo faceva saltellare sul posto. Io e Giulietta provammo a richiamarlo, urlando a bassa voce.

A quel punto le tre impalcature d'ossa si fecero dei segni d'intesa e direzionarono i propri cannoncini verso Flaik.

Il cagnolino, sorpreso, si ritrasse per non farsi colpire. I tre burloni se la ridevano. Fu tutto un traballare di femori, scapole, tibie e vertebre. Il suono era simile a quello delle nacchere.

Mentre il nostro cagnolino ripiegava verso di noi, sempre più inferocito, uno dei tre scheletri sfiorò inavvertitamente l'amico con un getto. L'incidente suscitò grande ilarità. E fu lo scoppio di una guerra fratricida.

E fu la loro fine.

Forse si erano dimenticati che l'assenza di muscoli e legamenti rendeva fragile la loro struttura, così i potenti flussi d'acqua sparati dai cannoncini direttamente sui loro scheletri li fecero esplodere in una pioggia di ossa tintinnanti. In breve dei tre amici senza carne e senza sangue restò al suolo un cumulo sparso di parti sconnesse.

Io non potei fare a meno di ridere e dopo pochi istanti si unì a me anche Giulietta.

«Che idioti» dicevo, quasi tra le lacrime. In effetti non si poteva pretendere di più da teschi svuotati di cervello.

E Flaik?

Il bastardino dopo un iniziale sconcerto aveva raggiunto i mucchi d'ossa per annusare. Sembrava un segugio sulla scena del crimine. Infine addentò una costola e tornò soddisfatto verso di noi.

«Flaik! Hai rubato un osso!» esclamai.

«È un cane...» commentò Giulietta, sottolineando l'ovvietà di quella scelta.

Lo depositò ai miei piedi e fece qualche passetto all'indietro.

«Vuole che glielo tiri» commentò lei. La sua bellezza, già a livelli altissimi quando era preoccupata o spaventata, ora che aveva trovato il buon umore e sorrideva gioiosa era diventata addirittura insostenibile. Guardarla era come provare a fissare direttamente il sole senza occhiali scuri.

Afferrai la costola. Lanciai.

Aveva ragione: Flaik si precipitò a raccoglierlo mostrando un'allegria e un dinamismo di cui fino a quel momento sembrava sprovvisto.

Me lo riportò. E chiese con occhi imploranti un altro lancio.

«Fai provare me» disse Giulietta. Replicai con gesto galante come a dire: "accomodati pure principessa".

Raccolse l'osso, caricò il colpo portando indietro il braccio e scagliò via il pezzo di scheletro leggermente ricurvo. Flaik ci guardò stupiti, prima di partire a razzo verso la costola da riporto.

Compresi lo stupore del cagnolino. Restai a bocca aperta anche io. Quello non era un lancio normale. Quello era da record mondiale del "tiro dell'osso".

«Ommamma! Dove hai imparato a farlo?»

Lei sghignazzò e alzò le spalle. La costola era sparita lontana, oltre un filare d'alberi.

«Perché non torna?» dissi, dopo un po'. Flaik in effetti non si vedeva.

«Mi spiace» era sinceramente mortificata.

«Ma no, che colpa ne hai, se hai dinamite nei muscoli delle braccia che puoi farci?» questa volta la mia frase consolatoria andò a segno. Lei sembrò rincuorata. «Andiamo a cercarlo, forse non riesce a trovare l'osso» dissi.

***

La bianca costola l'aveva trovata, invece. E non solo quella.

Flaik giocava al centro di un manipolo di uomini in uniformi bianche, che si divertivano con lui.

«Marinai» sussurrai.

Giulietta li fissava dal nascondiglio che avevamo trovato, un muretto alto non più di un metro e mezzo, dietro al quale eravamo accovacciati. La scena si svolgeva in una zona del parco che non avevamo attraversato fino a quel momento. Sembrava l'ingresso di un campo militare, con tanto di filo spinato sui muri screpolati e un'autoblindo della Seconda guerra mondiale, con una croce nera su fondo bianco disegnata sulla portiera.

L'entrata era a forma di casetta, con assi di legno bianche e due finestrelle verticali sui due lati, come se fossero gli occhi tristi della costruzione.

«Guarda lì». Giulietta mi toccò la spalla e mi indicò le bandiere illuminate da due fari poste proprio sulla porta d'entrata.

«Aquila quattro» mormorai. Notai che la stessa dicitura "AQUILA IV" compariva in trasparenza sulla fiancata del muro. Fui colto da un'illuminazione.

«Aquila… un rapace!» l'entusiasmo mi rese incauto e alzai la voce un po' troppo.

«Chi va là?» un paio di marinai ad armi spianate si voltarono. In breve tutti i presenti si disinteressarono a Flaik e puntarono gli occhi nella nostra direzione. Da non so dove si accese un faro seguipersona che proiettò la sua luce su di noi.

Beccati!

«Uscite con le mani in alto!» disse uno di loro. Aveva un forte accento americano.

«Che facciamo?» chiese tremante Giulietta.

Io la guardai umiliato. La mia idiozia ci aveva cacciato in un bel guaio. C'era poco da fare. Senza rispondere, mi misi in piedi con le mani così sollevate verso il cielo da sembrare un predicatore invasato.

«Tenente, ci sono degli intrusi» disse il ragazzo che ci puntava la pistola contro, rivolto a un uomo dal piglio autoritario. Il tenente ci fissò con uno sguardo di metallo inossidabile.

«Anche tu, ragazzina, mani in alto» la voce era una lama.

Giulietta si alzò accanto a me.

«Vi prego… non abbiamo fatto nulla»

«Che ne facciamo, tenente?» Il ragazzo marinaio aspettava ordini. Non sarebbe nemmeno andato al bagno senza i comandi del suo superiore.

«Portateli nel sommergibile».

Capitolo 11
È il mare che ci sta avvolgendo

Un grosso siluro scese dall'alto con una specie di gru. Poi fu inserito nel portellone superiore.

E io lo guardai così, come in trance, mentre ci portavano su una camionetta verso l'ingresso della grande imbarcazione sottomarina.

Un sommergibile. Non era incredibile? No, non lo era! Era molto più di *incredibile*!

Stavamo entrando in uno di quei mostri di acciaio che io pensavo esistessero solo nei film. Quelli che si inabissano a decine e decine, forse centinaia di metri dentro gli oceani. E tutto questo stava per avvenire lì: nel parco di Cinecittà World che dal litorale marino più vicino distava almeno dieci chilometri!

"Che notte assurda" mi ripetevo di continuo, come quelle persone che in estate dicono almeno dieci volte al giorno: "Che caldo".

Flaik era rimasto fuori, noi invece eravamo praticamente prigionieri. Ci diedero due elmetti, di almeno un paio di misure più grandi, e ci spinsero attraverso la stretta porta che dava nelle viscere della grossa imbarcazione.

«Non toglieteli mai, qui si può sbattere di continuo e non è piacevole ritrovarsi un tubo che ti apre la testa in due» disse un marinaio che gli altri chiamavano Ballard.

«Non spaventarli... rischiate solo qualche ammaccatura» era un uomo dalla pelle nera e dall'aspetto duro, ma bonario. L'etichetta cucita sulla sua divisa diceva: "Quincy". Mi fu subito simpatico.

Oltre al frastuono indescrivibile proveniente dai pistoni del motore che andavano su e giù senza sosta, quello che mi colpì subito furono le misure anguste dell'interno. Non si può immaginare quanto gli spazi fossero ristretti. Era una bara di metallo, altro che gigante dei mari! Per fortuna non soffrivo di claustrofobia, altrimenti sarei morto. All'istante.

Dopo aver attraversato una prima sala piena di macchine, illuminata da una luce rossa, passammo da una porta circolare in un altro scompartimento in cui erano sistemate diverse brande. Dovevano essere gli alloggi per la notte, anche se erano più simili a loculi da cimitero.

Quindi giungemmo in uno spazio più grande, che Ballard chiamò "camera di manovra". C'erano già diversi marinai che lavoravano ai propri posti e non ci dedicarono che qualche sguardo furtivo.

Sembravano preoccupati e poco inclini a parlare.

Quincy ci fece accomodare in una stanzetta che era grande la metà del bagno di casa mia. Era la nostra cella.

«Restate qui e non toccate nulla» ci intimò Ballard.

«Vi ripetiamo che è tutto un grande sbaglio. E noi non possiamo restare qui! Dobbiamo trovare un uomo. Forse voi lo conoscete».

I due mi guardavano con un mezzo sorriso sulle labbra.

«Chi sarebbe?» disse Quincy. La sua voce era così profonda e calda che l'avrei registrata per sentirla come buonanotte ogni volta prima di andare a dormire.

«Federico Ternef» mi anticipò Giulietta.

La reazione fu immediata. I due marinai concentrarono i loro sguardi. Sembravano improvvisamente anche più intelligenti.

«Il tenente Keitel ora è occupato, dopo verrà a parlare con voi... prigionieri» disse secco Ballard.

«Prigionieri? Ma state scherzando? Che abbiamo fatto di male?» strepitai io.

«Siete penetrati in un'area militare riservata» rispose lui.

Poi, senza dire altro, chiusero la porta con uno schianto di metallo pesante.

«Anche tu hai pensato che Ternef fosse qui?» mi chiese Giulia appena rimasti soli.

«Sì... deve essere qui. La pancia di metallo dell'enorme rapace...»

«Il sommergibile si chiama Aquila» aggiunse lei.

«Esatto. Siamo come Sherlock e Watson io e te» dissi, per stemperare la situazione difficile.

Lei sorrise, ma non ero sicuro che avesse capito la similitudine.

«Come facciamo a trovarlo?» disse lei, sedendosi sulla scomoda branda che occupava un terzo della stanzetta.

«Non ne ho idea. Il problema innanzitutto è come uscire da qui».

***

Dopo pochi istanti il sommergibile cominciò a muoversi.

Il frastuono era impressionante. Pensai con sconcerto a come dovessero sentirsi i militari a cui per giorni, settimane, forse mesi toccava convivere con quell'apocalisse rumorosa. Io dopo dieci minuti stavo già impazzendo. Le cose si complicarono quando sentii, oltre il portello che ci sigillava nella stanzetta, il tenente Keitel (ne riconoscevo la voce) urlare un comando al di sopra del trambusto dei motori: «Prepararsi all'immersione!»

«Oddio, stiamo per andare sotto!» esclamai, voltandomi verso Giulietta.

«Sotto dove?» lei mi raggiunse alla porta.

«Stiamo per immergerci nelle profondità»

«Ma non c'è acqua qui, no?»

«Eh già, ma questa notte pare ci sia» risposi, prima di incollare l'orecchio al freddo metallo della soglia. Dovevo origliare per capire. Lo avevo fatto centinaia di volte per spiare mia mamma e mio padre che litigavano. Ero un "origliatore" professionista. Qui, però, la cosa era diversa e decisamente più seria.

Una ridda di voci sconosciute si sovrapponeva e si mescolava senza pausa.

«Portello chiuso»

«Fermare i diesel, passare alla propulsione elettrica»

«Sala macchine fermate i diesel! Passiamo alle batterie».

Passò qualche istante e il rumore divenne meno intenso.

«Propulsione elettrica attivata, tenente»

«Bene così. Procediamo»

«Valvole di induzione principale chiuse»

«Avanti due terzi»

«Ricevuto, avanti due terzi»

«Signor Steinbeck… andiamo giù».

"Andiamo giù" pensai io, con le budella che si contorcevano dall'ansia.

«Portiamoci a 120 metri, dieci gradi a scendere»

«Capo, suoni l'allarme immersione»

«Aprire sfoghi delle casse zavorra».

In quel momento un suono acutissimo riempì tutto lo spazio.

Era come l'urlo di un grosso pollo spaventato che sta per essere afferrato per la gola, prima di essere decapitato.

«Deve essere l'allarme per l'immersione» dissi, in risposta all'espressione impaurita di Giulietta. Era assordante. A un ritmo costante di salita e discesa.

«Immersione. Immersione. Immersione» gridò qualcuno, come se stesse ripetendo una formula magica e io ripensai a me stesso sotto il portale del Moloch che ripetevo tre volte «Asa Nisi Masa Oso Rasa» dando il via a tutto questo terribile, incredibile, gigantesco disastro in cui stavamo precipitando.

«Timone quindici gradi a scendere».

Ci fu ancora un grande frastuono, poi si udì da più lontano qualcuno dire: «Acqua in coperta» e un coro di voci che lo ripeteva. Non sembravano preoccupati. Era così che doveva essere, evidentemente.

«È il mare che ci sta avvolgendo» sussurrò Giulietta. Aveva ragione. Si percepiva distintamente il sommergibile che fendeva il mare e si inoltrava nelle sue viscere liquide. Istintivamente allungai la mano verso la mia compagna di avventura e lei me l'afferrò subito. La sua pelle era calda e morbida. Poi mi abbracciò strettissimo. E io sentii una granata di felicità esplodermi dentro.

Sarei sceso fino al centro degli oceani pur di restare il più a lungo possibile in quell'abbraccio.

***

Bisogna fare sempre attenzione alle proprie profezie, perché c'è il rischio che si avverino.

Ma andiamo con ordine.

La fase di immersione di *Aquila IV*, concitata e attraversata da una palpabile tensione, terminò dopo una ventina di minuti. Sentii dire distintamente che ci eravamo attestati a una profondità di 150 metri. Per visualizzare la misura pensai a un campo di calcio. Per un periodo avevo giocato. All'età di sette anni mio padre si era fissato che avevo del talento con una palla tra i piedi, così mi aveva iscritto a una scuola. Quello sport, però, non faceva per me. I giochi di squadra non sono adatti a chi mal sopporta il 99 per cento degli esseri umani.

«Hai paura?» mi chiese all'improvviso Giulietta.

«Naaa… l'acqua è il mio elemento» risposi. Mi resi conto di sembrare uno spaccone, ma non stavo mentendo. Come dicevo, gli sport di squadra non facevano per me, mentre in piscina, tutto solo, me la cavavo alla grande. Potevo restare in apnea a lungo e nella pura velocità delle gare di nuoto staccavo tutti. Peccato che fossi il re della mancanza di disciplina perché, come diceva il mio allenatore, avrei potuto fare strada.

«Io ho paura, Guido. Mi sento soffocare qui sotto. Che succederà?»

Per tutta risposta cominciai a colpire a pugni la porta gridando che volevamo parlare con il tenente.

Ci volle un po' di tempo prima che sulla soglia comparisse l'uomo che stavo reclamando. La porta aveva cigolato sui cardini arrugginiti e il mio cuore aveva perso almeno un paio di battiti.

«Cosa c'è da sbraitare tanto? Ho un mostro da 800 tonnellate da mandare avanti e una trentina di marinai da gestire. E gli aerei nemici non vedono l'ora di mandarci a picco».

Il tenente sparò questa raffica di parole attraverso una bocca così stretta che sembrava non aprirsi affatto. Gli occhi svelti e nevrotici si muovevano in continuazione tra me e la mia amica. Se ne stava dritto, a gambe leggermente divaricate, con le braccia giunte dietro la schiena. Dava l'impressione precisa di chi è abituato a dare ordini anche mentre dorme.

«Mi scusi, tenente» la mia voce invece uscì dalle mie labbra come il pigolìo di un uccello appena caduto dal nido. «Noi non volevamo mancarle di rispetto, né violare nessuna legge. Ci siamo trovati per caso davanti alla vostra...» non sapevo come definirla.

«Alla nostra base» mi apostrofò duro.

«Esatto. Alla vostra base. Stavamo solo cercando il nostro cagnolino».

A proposito, che ne era stato di Flaik?

«Un cagnolino?»

Io e Giulietta annuimmo.

«Perché ci avete arrestato e messo qui dentro?»

Il tenente concentrò lo sguardo strizzando gli occhi. Da quella fessura poteva partire un raggio della morte pronto a incenerirci.

«Vuoi discutere le mie decisioni?»

«No!» mi affrettai a rispondere. «Non mi permetterei mai».

Lui sembrò rilassarsi leggermente, poi aggiunse: «Ho notato che portate l'amuleto. Significa che siete quelli che stavamo aspettando. Il signor Ternef ci aveva avvisato che sareste arrivati»

«Federico Ternef?» Giulietta fino a quel momento era rimasta muta per l'apprensione.

«Affermativo»

«È qui?» chiesi io subito.

«Negativo, è sceso poco prima che voi arrivaste».

Una marea di delusione prima lambì la mia anima, poi la sommerse completamente lasciandomi nel puro sconforto.

«E dove è andato?»

Non ci fu tempo per la risposta. Il rumore più fragoroso che avessi mai sentito squassò il battello.

Giulietta gridò e si ritrovò in terra, io riuscii a stento a restare in piedi tenendomi contro la paratìa della stanza. Il tenente si coprì istintivamente la testa con le mani. Sembrava il finimondo. Anzi l'inizio del finimondo.

«Tenente! Bombe di profondità!» strillò un tizio seduto a un cruscotto dotato di varie apparecchiature tipo radar e con delle cuffie in testa. In quella situazione caotica Keitel si dimenticò di noi. Lasciò la porta aperta e raggiunse il centro della camera di manovra.

«Lontani dalle paratìe!» ordinò il tenente. Ormai urlavano tutti. «L'onda d'urto potrebbe spezzarvi la spina dorsale!»

Non se lo fecero ripetere due volte. Tutti si tennero lontani dalle pareti metalliche.

Dopo la botta tremenda ci fu la quiete. Stavano a guardare verso l'alto, come in attesa di una stella cadente.

Giulietta si strinse a me in cerca di protezione.

«Ehi piccioncini, reggetevi a quel palo vicino a voi» ci disse Quincy. «Serve a poco se ci centrano, ma se siete fortunati forse ne uscite solo con qualche osso fuori posto»

«Una volta una bomba è caduta così vicino a noi che mi sono ritrovato con i denti davanti conficcati nel cranio di un mio compagno» disse un tipo con la faccia da topo.

Ci fu una seconda esplosione. Niente a che vedere con la prima. Si sentì un'eco in lontananza e *Aquila IV* gemette con le sue ossa di metallo. La tensione era così densa dentro lo spazio angusto che pareva aria solidificata. Si respirava a stento.

Giurai a me stesso che se fossi uscito vivo da lì non avrei mai più marinato la scuola e avrei studiato come il Martana: il migliore della mia classe e forse di tutto l'istituto; secchione di livello internazionale, simpatico come un herpes sulle labbra. Vabbè, facciamo le promesse più sballate quando siamo a un passo dalla disperazione.

Il silenzio di piombo fu infranto da una voce gracchiante che arrivò dalla radio dove c'era il tizio con le cuffie.

La voce diceva: «Mi sentite? Mi sentite? Sono nella sala macchine! C'è un grosso problema quaggiù. Stiamo imbarcando acqua nelle casse di zavorra. E non riesco a chiudere le falle».

Il tenente si mise una mano sulla fronte. Tutti lo guardavano.

«Jarmush, a quanti metri siamo?» chiese a un altro marinaio.

«Centosessanta, tenente» rispose lui senza scollare gli occhi da una finestrella tipo contachilometri.

«Stiamo scendendo...»

Altre esplosioni.

Altre grida.

Scossoni da terremoto.

Il tenente si sorresse con esperienza, altri finirono al suolo o contro le paratìe. Io e Giulietta, grazie al suggerimento di Quincy e alla solidità del palo a cui eravamo attaccati, riuscimmo a evitare il peggio. Keitel raggiunse Jarmush e vide lui stesso nello strumento che indicava la profondità.

«Scendiamo ancora. Se continuiamo così arriveremo al punto di rottura»

«Punto di rottura?» chiesi io allarmato. Non mi piaceva come suonavano quelle parole.

Rispose il marinaio più vicino a me. Era un giovane che sudava da ogni centimetro della pelle. «I sommergibili sono costruiti per scendere fino a una certa profondità. Dopo, la pressione diventa insopportabile…»

«E che succede?»

Lui puntò i suoi occhi da coniglio terrorizzato dentro ai miei. Mi guardava come se fossi il più grande imbecille della Terra. «Che succede? Succede che in meno di un secondo implode tutto».

Pausa.

«E a quanti metri avviene?» chiesi io col cuore che ballava un reggaeton nel mio petto.

«Questo è progettato per arrivare massimo a duecento metri».

***

Centottanta.

Eravamo arrivati a centottanta metri sotto il livello della superficie. La tensione sul volto di tutti era un disegno che deformava i lineamenti. Il tenente Keitel contattò la sala macchine.

«Perché diavolo non riusciamo a risalire?» gridava con la voce rotta dalla frustrazione e dalla rabbia.

«Tenente... uno dei tubi dell'aria è stato danneggiato e perde pressione. Non...» non mi fu possibile sentire altro. Le esplosioni intorno a noi continuavano a ritmo incessante e quando una delle BTG (sempre il giovane sudato vicino a noi mi aveva detto che la parola stava per "bomba torpedine a getto") cadeva più vicino, il fracasso e il tremore del sommergibile coprivano ogni altro suono.

Approfittando della pace momentanea prima del nuovo attacco dall'alto, Keitel riunì tutti intorno a sé.

«Marinai, non vi mentirò. La situazione è drammatica. Coliamo a picco» disse parlando questa volta in maniera più misurata. L'effetto sull'umore dell'equipaggio fu più devastante di un siluro in una fiancata. Poi aggiunse: «I nemici sopra di noi ci hanno regalato un biglietto di sola andata per gli abissi».

Con il pollice indicò un immaginario "cattivo" sopra le nostre teste.

«L'unico modo per salvarci è scendere nella sentina del tutto allagata, trovare il tubo danneggiato e interrompere l'emorragia di aria chiudendo la valvola d'isolamento». Fece ancora una pausa. «Però c'è un altro problema. Lì sotto ci può passare solo un uomo dalla corporatura molto esile...»

Tutti si guardarono tra di loro sperando di vedere nel compagno accanto un fisico più mingherlino del proprio.

«...O un ragazzo» le parole uscirono dalla mia bocca in maniera involontaria. Tutti mi guardarono di scatto, elettrizzati dallo stupore. Devo ammettere che io fui il primo a restare scosso dalla meraviglia. Davvero avevo parlato io?

«Tu? Non dire assurdità» mi disse Quincy. «È una missione mortale. Là sotto ci sono più pericoli di quanto tu possa immaginare. È tutto allagato, devi trattenere il fiato per chissà quanto tempo mentre non trovi il sifone giusto nel groviglio che c'è lì sotto».

In quel momento il sommergibile gemette. La sua pancia di ferro sembrò avere uno spasmo. Dei bulloni schizzarono da un pannello con una tale velocità da diventare proiettili.

«La pressione, tenente! Stiamo per collassare!» grido l'uomo con la faccia di topo. La paura mi rese ancora più audace.

«Tenente, mi faccia scendere. Non vedo tra di voi chi possa andare, onestamente. Sembrate tutti degli armadi» ribattei io. Ero posseduto dallo spirito di un eroe, maledizione a me.

«No, Guido, ti prego» m'implorò Giulietta che non si staccava dal mio braccio.

«Non se ne parla, ragazzino, troverai solo la morte in fondo a quella sentina» disse un altro marinaio.

«Non siete voi a decidere» fu Keitel a gelare tutti. Il tenente mi guardava con i suoi occhi cristallini e nervosi. «Lo so che è contro ogni regolamento, ma forse lui è davvero l'unico in grado di salvarci. Nessuno di noi passerebbe mai dal condotto che porta in fondo allo scafo. Te la sentiresti davvero giovane...» pausa «...qual è il tuo cognome?»

«Anselmo. Guido Anselmo» pronunciare il mio nome così, alla James Bond, nel mezzo di una camera di manovra di un sommergibile pieno di militari, era la cosa più bella che mi potesse capitare nella vita.

Anche se una frazione di secondo dopo pensai che potesse essere piuttosto *l'ultima* cosa che mi sarebbe capitata nella vita!

Capitolo 12
L'uccello del malaugurio aveva ragione

L'uomo che mi dava istruzioni sulla missione puzzava come una capra selvatica. Mi stava sistemando un boccaglio unito a una lunga sonda di gomma e non potevo fare a meno di provare disgusto.

«Puzzo, eh? Non so se hai notato ma in queste bare galleggianti non c'è nemmeno una doccia».

Non lo avevo notato, non ne avevo avuto il tempo. Gli chiesi semplicemente: «E come fate?»

«Aspettiamo di tornare in superficie e ci laviamo con l'acqua con cui il Signore ha riempito gli oceani». La conversazione sull'igiene dovette fermarsi lì.

Intorno a noi si stava scatenando l'Inferno.

La forza della pressione si faceva insopportabile per il battello a una profondità del genere. Come se delle mani possenti si divertissero a schiacciare una lattina di Coca-Cola.

Scricchiolava tutto. Alcune tubature saltarono e i marinai provavano a metterci delle pezze. Ancora un po' e sarebbe collassata ogni cosa. Compresi i nostri corpi.

«Come faccio a trovare la conduttura che perde aria?» chiesi io.

«Hai presente quando devi riparare la ruota della bici bucata? Quando metti la camera d'aria in un secchio d'acqua cosa vedi?»

«Bolle»

«Esatto, vedrai un getto di bolle nell'acqua. Tantissime bolle». Pausa. «Segui il tubo e troverai una levetta d'isolamento. Girala e l'aria non passerà più. E mi raccomando, ragazzo, in quel preciso istante torna subito indietro. Non hai molto tempo prima che...» non continuò. Ci sono delle frasi che non vanno chiuse. Lo avevo imparato dai film. Ci sono parole che è meglio tenere sigillate in fondo alla gola.

«È tutto chiaro?»

«Sì. Diciamo di sì»

«Bene. Ho creato questa specie di respiratore artificiale». Mi mostrò il boccaglio con il tubo.

«È abbastanza lungo da permetterti di rimanere sott'acqua e muoverti laggiù senza bisogno di stare in apnea. Sarà molto più facile con questo».

Avevo il sospetto che "facile" non fosse l'aggettivo adatto per descrivere quello che stavo per fare. Mi infilai il boccaglio tra le labbra e diedi qualche sorsata d'ossigeno confezionato. Il marinaio puzzolente mi chiese se ero pronto. Io annuii. Sentivo il pianto pizzicarmi gli occhi e la paura gonfiarmi la vescica.

«Buona fortuna ragazzo e... grazie. Sei un eroe, davvero!»

In quell'istante ebbi il chiaro sospetto che la parola eroe fosse un sinonimo di "persona in stato confusionale". Un eroe deve avere una percezione della realtà alterata per imbarcarsi in situazioni da cui ci sono buone possibilità di non uscire vivi.

Mi ero già tolto i vestiti ed ero rimasto solo con i boxer. Un verme in mutande. Quindi indossai la maschera subacquea e mi infilai nel buco della conduttura.

Accidenti se era stretta!

***

Nuotavo nello scafo allagato. Ero solo lì sotto. Anzi non ero mai stato così solo in vita mia. Nella penombra liquida, che illuminavo con la grande torcia in dotazione, c'era una pace che per un attimo mi rilassò i muscoli impietriti dall'angoscia.

Nel silenzio sepolcrale sentivo forte il suono del mio respiro che faceva su e giù nei polmoni. Mi sembrava di avere un supersenso dell'udito che mi aiutava a percepire anche lo scorrere del sangue nelle vene.

Forse stavo semplicemente impazzendo.

Mi guardavo intorno nella selva di sifoni e condotti. Un labirinto subacqueo. Non vedevo ancora getti di bolle. Proseguivo a casaccio.

Poi la quiete dell'abbraccio acquatico andò a farsi benedire.

Un'esplosione piuttosto lontana, ma abbastanza vicina da far tremare tutto, mi sprofondò in un attacco di panico. Presi a inspirare ed espirare a profonde sorsate nel mio tubo dell'aria.

"Stai respirando troppo forte" dissi a me stesso. Il cuore batteva in ogni parte del mio corpo. *Aquila IV* continuò a contorcersi e a ballare. Una pioggia lenta di detriti metallici cadeva tutto intorno a me. Pezzi sconosciuti che si staccavano da chissà dove. Uno di questi mi sfiorò la fronte. Avvertii un forte bruciore sulla pelle nonostante fossi del tutto immerso in acqua.

Dovevo trovare la perdita al più presto, altrimenti quello perso sarei stato io.

E poi, improvvisamente, eccola!

Un bel fiore di bolle che germogliava da un condotto d'acciaio a pochi centimetri da una leva rossa. Doveva essere la valvola d'isolamento. La scoperta mi diede una nuova carica. Raggiunsi il mio obiettivo in un paio di bracciate vigorose.

Girai la leva. Fu facile. Il getto si spense. Ce l'avevo fatta!

Poi sentii nel cervello la voce da cornacchia di mia nonna che diceva: «Mai cantare vittoria prima del tempo, ridi ora e piangi tra poco!»

Infatti l'uccello del malaugurio aveva ragione.

La perdita l'avevo sistemata, ma nel momento stesso in cui le bolle avevano smesso di uscire dal sifone, un altro getto era emerso più avanti lungo quello stesso sifone.

Il problema era che il tubo danneggiato lo vedevo attraverso una grata. Da lì non sarei passato mai. Dovevo trovare un'altra strada.

Ebbi paura.

Tre domande spuntarono come funghi velenosi nella mia mente:

1. Il mio tubo respiratore sarebbe stato abbastanza lungo da portarmi fino a lì?
2. Se avessi chiuso quella perdita, chi mi diceva che non se ne sarebbe aperta un'altra e poi un'altra ancora?
3. Se fosse esplosa una BGT vicino, come sarei uscito dalla sentina?

Misi a tacere la mia coscienza impaurita e nuotai verso destra, alla ricerca di un percorso alternativo. Girai oltre un pilastro, poi mi incuneai nella finestrella quadrata dentro una paratìa.

Mi bloccai. O meglio qualcosa mi bloccò.

Il tubo non aveva più lunghezza. Ero arrivato al capolinea. Dentro di me scoppiarono un bel po' di parolacce che avrebbero fatto impallidire mia madre, forse fino a farla svenire. Non potevo continuare. Alzando lo sguardo in cerca di una via d'uscita, notai che c'era una grata e, soprattutto, che l'acqua non arrivava fino al soffitto. Nuotai in verticale e raggiunsi la grata. Tolsi il respiratore.

«Ehi mi senti?» gridai lasciando la bocca a pelo di superficie. Dopo qualche istante sentii la voce del marinaio che mi aveva dato istruzioni.

«Oh, ragazzo! Che succede? Non hai trovato la perdita? Stiamo scendendo ancora»

«Sì, l'ho trovata e l'ho chiusa. Solo che c'è un'altra falla».

Imprecò.

«Torna su, non puoi farcela» mi disse con voce delusa. Non potevo abbandonare la missione, tanto anche se fossi tornato su non sarebbe servito a nulla, sarei morto dopo poco insieme a tutti gli altri. Tanto valeva provarci.

«No, ci provo ancora»

«Non dire assurdità... non ha nemmeno una...»

Non sentii il resto e mi inabissai di nuovo con il boccaglio che mi dava aria. E nuotai forte verso l'altra valvola.

Provai a passare da una strettoia di tubi e lamiere. Era una scorciatoia per dare più lunghezza al mio tubo dell'aria. Sì, poteva funzionare!

Ma feci di nuovo lo stesso errore di poco prima. Stavo cantando vittoria troppo presto. Mentre a grandi bracciate mi avvicinavo al getto di bolle, sentii uno strappo forte e il boccaglio mi volò via dalla bocca. Il tubo era rimasto incagliato da qualche parte.

Lo avevo perso. Irrimediabilmente.

Adesso ero davvero nei guai: dovevo nuotare in apnea. Senza nessun aiuto. Dentro di me sentivo venire a galla una risata isterica. Che morte assurda mi attendeva: annegato in un sommergibile della Seconda guerra mondiale, dentro un oceano spuntato in un parco di divertimenti lontano dal mare.

***

Guido fino-in-fondo.

Così mi chiamava mio padre. Mentre il mio istruttore di nuoto usava un termine che non mi era mai piaciuto: Polmone. Diceva: «E bravo il nostro Polmone». Avevo la capacità di nuotare in apnea per quasi il doppio del tempo dei miei compagni. Lo avevo detto a Giulietta che sarei potuto diventare un campione in piscina se non fossi stato un ammasso inutile di pigrizia.

Era il momento di ridiventare Polmone. E di andare fino in fondo.

Trattenni il poco fiato che mi era rimasto e cominciai a spazzare l'acqua intorno a me. Senza tubo ero molto più veloce. Raggiunsi la perdita in un niente. Afferrai la leva per chiudere e… sorpresa! Quella specie di rubinetto rosso si era incastrato. Non voleva saperne di mettersi nella posizione che dicevo io.

Perché non me ne andava bene una? Perché doveva essere tutto così complicato? La rabbia divenne per me l'equivalente del barattolo degli spinaci per Braccio di Ferro. Cacciai una forza che non sapevo di tenere in serbo e sferrai un calcio furioso alla leva riottosa.

Clank!

Pochissimi istanti e le bolle si dissolsero.

Gridai di giubilo, come quando segnava la Roma all'ultimo minuto. Mi resi conto, però, che avevo completato solo due terzi dell'opera.

Dovevo fare ancora un grande sforzo per tornare indietro. La mia riserva di fiato precipitava secondo dopo secondo, eppure l'aver completato la missione mi aveva regalato una botta di adrenalina capace di rifornirmi di energia.

Mi muovevo come una pallida anguilla sgusciando attraverso la selva di sifoni, paratìe e condutture.

Finalmente vidi la luce! In tutti i sensi.

Sopra di me, a pochissimi metri c'era l'uscita. Mi parve anche di scorgere la silhouette del marinaio della sala macchina. E mi sembrava tra l'altro che non fosse solo. O avevo le allucinazioni o si era radunata un po' di gente ad accogliermi trionfalmente.

Poi un'esplosione. Terribile, sicuramente vicina. Fu un attimo e il mondo, il piccolo mondo liquido che stavo attraversando fiducioso, fu sconvolto completamente.

L'onda d'urto squassò il sommergibile e io fui sballottato a destra e a sinistra, persi la torcia, che precipitò sul fondo e mi ritrovai sbalzato verso un grosso tubo contro cui presi una bella botta, perché in quell'istante mi si spensero tutti i sensi.

Addio sogni di gloria.

Buio in sala.

Fine.

***

Ci misi un po' per mettere a fuoco, ma prima ancora delle immagini ad accogliermi fu un suono piacevole, quello di uno scrosciare di applausi.

Battevano le mani festanti.

Era per me quel tripudio?

Era a me che tributavano la loro contentezza?

I dubbi svanirono quando vidi l'equipaggio tutto intorno a me.

«Bravo ragazzo! Sapevo che ce l'avresti fatta».

Le parole del tenente mi si appuntarono addosso neanche fossero una medaglia d'oro.

«Grazie, tenente» riuscii a dire. «Grazie a tutti voi»

«Grazie a te!» dicevano i marinai.

«Ci hai salvato la vita»

«Sei stato grande»

«Che polmoni, amico!»

«Sei il numero uno».

E così via. Ma io ero frastornato. Non capivo cosa fosse successo dopo la botta alla testa. E soprattutto non vedevo Giulietta. Mi misi a sedere, ma una fitta fortissima al centro del cranio mi fece desistere e crollai di nuovo steso.

«Stai giù, eroe, hai preso una bella testata» mi ammonì Quincy. «Volevi a tutti i costi un bernoccolo bello come il mio, eh?» Tutti risero alla sua battuta. Io pure ci provai.

«Dov'è Giulietta?» dissi io.

«È lì… Romeo. Se sei qui ancora con noi è grazie a lei» rispose Ballard indirizzando il suo mento dietro a tutti gli altri.

La folla si aprì. Eccola. La vidi seduta su una branda, avvolta in una grezza coperta che la nascondeva interamente. Era così splendida che anche con quella pulciosa trapunta di lana indosso brillava di una luce radiosa. Aveva i capelli bagnati e un sorriso primaverile sulle labbra.

«Si è buttata in acqua e ti ha tirato su. Se non fosse per lei ora saresti in fondo allo scafo, ragazzo» disse secco il tenente.

Non solo aveva piantato il seme dell'amore nel mio cuore, ora gli aveva anche permesso di continuare a battere.

«Grazie» sussurrai verso di lei. I marinai uscirono dalla stanza con sguardi complici.

L'ultimo fu Keitel. Prima di varcare la soglia il tenente disse: «Appena siete pronti venite nei miei alloggi, devo consegnarvi qualcosa di importante. Solo Dio sa quanto lo abbiate meritato. Avete salvato l'*Aquila* e tutti noi. Vi saremo per sempre grati». Annuì e ritrovò il suo piglio da duro. Si calcò in testa il berretto bianco con visiera, da ufficiale in comando, e uscì.

Giulietta si alzò e venne a sedersi vicino a me. Il mio muscolo cardiaco prese a pompare sangue come un motore su di giri.

«Come ti senti?» mi disse.

«Scombussolato» risposi.

«Sei stato… grande, là sotto. Ci hai salvato tutti»

«E tu hai salvato me»

«Non è stato niente di che»

«Già, che vuoi che sia buttarsi in uno scafo allagato, senza luce, per salvare un essere umano che sta per morire» ironizzai. E lei sorrise.

Le sue labbra avevano una bellezza così intensa da avere una specie di irresistibile campo gravitazionale. Ti attiravano e non potevi farci nulla.

Così non resistetti. Ero in *trance.* Le mie labbra si mossero in autonomia verso le sue e si portarono dietro tutto il mio corpo. Un istante dopo le nostre bocche si incontrarono nel bacio più bello che l'umanità avesse mai registrato.

Capitolo 13
La discesa sarà molto più rischiosa della salita

Non camminai verso la stanza del tenente Keitel. Ci arrivai in volo.

Ai piedi avevo le ali che il bacio con Giulietta mi aveva messo. Anche la ferita sulla fronte e il bitorzolo sulla testa erano stati spazzati via da quei fuochi d'artificio che mi scoppiavano dentro.

Il tenente si accorse di qualcosa: «Ragazzo, sembri ancora frastornato»

«Più di quel che immagina» dissi, pensando a tutt'altro. Giulietta mi diede un simpatico colpetto di gomito e sorrise. L'ufficiale si schiarì la gola.

«Mi spiace avervi trattato come prigionieri, ma ci sono regole e procedure. Senza queste il mondo che è già un gran caos andrebbe alla deriva». Noi restammo in piedi e in silenzio ad ascoltare. Lui prese una piccola chiave e armeggiò con una scatola di latta argentata. Ci dava le spalle adesso.

«Ternef vi aspettava sull'*Aquila*, ma a lui non piace andar per mare. Ed è sceso poco prima che voi arrivaste. Ha detto che si sarebbe diretto verso ovest»

«Verso ovest? Cioè?» chiesi io, che non ci avevo mai capito nulla di questa cosa di nord, sud, est e ovest. Non sapevo nemmeno usare una bussola, figuriamoci.

«Ha detto così, solo questo» rispose Keitel, che finalmente aveva aperto il lucchetto.

«Ma è possibile che quest'uomo non possa esprimersi in maniera normale? Prima la pancia del rapace, ora l'ovest...»

«Ternef non è un uomo»

«Cosa?» cantammo in coro io e Giulietta.

«Cioè, volevo dire non un uomo come tutti gli altri. Lui... è *diverso*. Ed è un clown, un musicista, *un poeta*» mi sembrò di avvertire una punta di disgusto nel modo in cui pronunciò quest'ultima parola. Come se già solo il suono delle lettere fosse scivoloso e maleodorante. Si voltò verso di noi. Aveva qualcosa in mano.

«Cos'è, un pezzo di legno bruciacchiato, quello?» chiesi io.

Sulle labbra del tenente comparve un ghigno:

«Un pezzo di legno? Sei molto lontano dalla realtà, ragazzo mio»

«Io l'ho già visto...» mormorò Giulietta, stranamente attratta da quello che io continuavo a vedere come una specie di piccolo ciocco di legno con l'estremità annerita. Carbonizzata.

«Questo è un tizzone di Muspell» asserì con tono sacro il tenente. Lo teneva delicatamente con entrambe le mani.

«Ah, ecco, ora è tutto più chiaro» non potei fare a meno di ironizzare.

«Muspell è la mitica terra del fuoco. Laddove ardono le fiamme perenni, dove dimorano i Giganti degli incendi»

«I figli di Muspell» intervenne Giulietta. Ora sembrava lei quella in trance.

«Ma che state dicendo?»

«Sto dicendo che Federico Ternef ha trovato il modo di far divampare il fuoco potentissimo di Muspell, l'unica fiamma in grado di liquefare e quindi distruggere l'amuleto».

In quel momento fui attraversato da un fulmine nel cervello. Le gambe si fecero molli come sedano bollito. Il cuore si contrasse in uno spasmo e gridai: «L'amuleto! Che fine ha fatto?»

Il terrore di averlo smarrito si impossessò di me. Mi tastai il collo quasi ad accertarmi che non fosse finito sottopelle. Non c'era!

«Calmo, Guido. L'ho preso io» fece con candore Giulietta, evitandomi un sicuro infarto.

«Pensavo di averlo perso!» Ripresi a respirare normalmente.

«Prendetelo voi e distruggete quel maledetto talismano» mi passò il tizzone.

«Allora anche lei fa parte della...» esordii io, sorpreso, mentre lo raccoglievo con devozione.

«Della Rosa Purpurea, sì. Anche io. Come vi dicevo, senza regole e procedure tutto si sgretola e finisce in malora. Dobbiamo ripristinare l'ordine. Mettere fine a questa notte di drammatica confusione» sembrava stanco ora, Keitel.

Si sedette su una sedia logora. Si tolse il cappello e si passò una mano tra i capelli cortissimi.

«Che aspettiamo? Bruciamolo subito...» disse Giulietta agitando l'amuleto.

«Non così in fretta, signorina» la interruppe Keitel. «Il tizzone di Muspell non arde con un semplice fuoco o usando un accendino. Non lo accenderete mai così. È un elemento sacro e magico, ha bisogno di essere... come dire... *attivato*».

Mi rigirai il pezzo di legno tra le mani. Nulla avrebbe fatto intendere che si trattasse di qualcosa di soprannaturale. Che fossero tutti pazzi e quello semplicemente fosse un piccolo ceppo di legno?

***

Il sommergibile emerse lentamente in superficie.

Il tenente Keitel sapeva il fatto suo. Era riuscito a evitare la gragnola di bombe di profondità che piombarono su di noi con delle manovre di gran classe. Una volta recuperata l'affidabilità di *Aquila IV*, grazie al mio prodigioso intervento, l'aveva condotta in acque sicure fino a farla affiorare in una grande piscina.

Una piscina… roba da matti!

Io e Giulietta uscimmo dalla garitta di ingresso dopo esserci presi gli abbracci e la gratitudine dell'equipaggio. Non avrei dimenticato quei ragazzi e nemmeno il tenente, un brav'uomo in una scorza da duro.

«Contiamo su di voi, ragazzi. Trovate Ternef, è l'unico che può aiutarvi» gridò Keitel, mentre ritornava nella pancia metallica del grande rapace sottomarino.

Eravamo di nuovo soli, io e Giulietta. Intorno alla piscina regnava uno strano silenzio.

«Secondo te che significa che Ternef è andato a ovest?» mi chiese lei.

«Non lo so, credo che detto così non significhi nulla. Bisogna capire a ovest rispetto a cosa» risposi.

«Perché non guardiamo la mappa?»

«Ottima idea. Ce n'è una là» indicai un totem vicino. Nei parchi come Cinecittà World ce ne sono ovunque, così da sapere sempre la propria posizione.

«Be', da quel che capisco a ovest c'è la strada americana… qui la chiamano Main Street»

«Quella dei gangster» intervenne Giulietta, spaventata.

«Esatto, quindi direi di evitare. Non è il caso di risvegliare Big Moroz» dissi io. Poi aggiunsi: «Dopo c'è l'antica Roma… andiamo lì? Giro in biga?»

Lei non reagì alla battuta. Era molto concentrata sull'immagine coloratissima che riproduceva il parco.

«Giulietta...» cercai di attirare la sua attenzione.

«Un momento...» I suoi occhi fissavano in particolare la parte alta della mappa.

«Ok... ti sta venendo qualche idea?»

«L'ovest... in inglese è...»

«West»

«Esatto, West... quindi?»

«Il vecchio Far West!» esclamai.

Sei in un villaggio di frontiera, la ferrovia non è ancora arrivata e l'unica legge è la voce delle pistole. Tra la rovente atmosfera di un classico regolamento di conti e le immancabili liti nel Saloon, nel Far West non ci si annoia mai!

Giulietta lesse sul riquadro della mappa, in corrispondenza dell'area Western, con un'interpretazione da attrice consumata.

Le scoccai un bacio. «Sei un genio!» dissi con inflessione da cowboy.

«È solo una supposizione» si schermì lei. Era arrossita al mio bacio.

«Per me Ternef è lì»

«Ok, allora andiamo»

«Mi piace quando dici “ok”».

Lei sorrise e arrossì ancora.

«E mi piaci anche quando arrossisci»

«È buio, come fai a vedere che sono diventata rossa?»

«Gli occhi dell’amore vedono tutto».

Lei rise. «Scemo».

Io risi con lei.

Forse pensava scherzassi, e io le lasciai credere che fosse così.

***

Dovevamo trovare Ternef, perché il tenente ci aveva detto che lui conosceva la formula per accendere il tizzone.

Era l’unico ad avere le parole giuste, il controincantesimo al triplice “Asa Nisi Masa Oso Rasa” che avevo pronunciato tre ore prima, all’ingresso del parco.

Avevo chiesto a Keitel come lo avremmo riconosciuto. Lui aveva risposto con un vago: «Oh, non preoccupatevi di questo, Ternef è unico. Lo individuerete subito. E poi indossa sempre una sciarpa rossa».

Camminavamo fianco a fianco, io e Giulietta, tenendoci lontani dalle vie principali, tagliando quando possibile per luoghi non illuminati, che credevamo più sicuri. Nel mio zaino avevo sistemato il tizzone di Muspell e al collo portavo l'amuleto. Avevo preferito portare io entrambi gli oggetti, non volevo che ricadesse su di lei il peso della responsabilità e il rischio del pericolo che potevano portare.

Ci ritrovammo di fronte una specie di piccolo tempietto con colonne tondeggianti. Sulla parte superiore della costruzione in finta pietra era scolpita l'etichetta in bassorilievo: "Adventure Land". E, sotto, un cartello. Ci fermammo a leggerlo.

> Il Dio Elefante Erawan. Avventurati nella misteriosa giungla indiana fino alle porte di un gigantesco tempio a forma di elefante. Sulla sua groppa troverai un favoloso tesoro… ma una micidiale trappola è stata costruita su di essa e la discesa sarà molto più rischiosa della salita!
>
> La torre di caduta libera è una delle attrazioni più adrenaliniche del parco. Allestita sulla schiena dell'Elefante, raggiunge un'altezza di 60 metri.

Io e Giulietta ci guardammo.

«Un tuffo nel vuoto di sessanta metri! Non lo farei nemmeno sotto tortura» dissi io.

«Davvero? Tu non sei l'eroe dei sette mari?» mi prendeva in giro.

«Sì, il grande chiuditore di valvole!» risposi stando al gioco.

Percorremmo ancora qualche metro con il buon umore dovuto al fatto che il parco in quel momento sembrava vuoto di pericoli.

Purtroppo ci sbagliavamo di grosso.

«Ecco Erawan!» esclamò lei.

In mezzo a quella che sembrava una vera foresta esotica, con tanto di palme e vegetazione lussureggiante, illuminato da un bel gioco di luci gialle, si innalzava fiero un gigantesco elefante, con una grande torre che gli partiva dalla schiena.

«Ecco chi ha barrito quando tutto è cominciato. L'ho sentito prima di incontrarti» osservai.

«Ma è immobile! È un'attrazione, non sembra sia vivo» disse Giulietta con il naso all'insù. In effetti il mastodontico elefante faceva il suo dovere di scenografia senza muovere una ruga della sua pelle pachidermica.

Fu il cielo invece a muoversi. O meglio quello che conteneva il cielo.

La strega che avevo intravisto poco prima di entrare nel sommergibile, evidentemente, non era un'allucinazione né un singolo pericolo. Un nugolo di scope volanti comparve in formazione d'attacco proprio dietro l'altissima torre sopra l'elefante.

Non facemmo in tempo a escogitare una reazione che ci furono addosso, tra le nostre grida di terrore. Erano in cinque e si somigliavano tutte, da quel poco che riuscii a vedere alla folle velocità con cui piombarono su di noi.

Non avevano cappelli a punta o vestiti laceri, ma tuniche viola scintillanti. I capelli lunghi e biondissimi erano spettinati dal vento e nei volti lunari erano incastonati occhi nerissimi, senza luce.

«A terra!» gridai a Giulietta.

Finimmo entrambi al suolo.

Sentii lo stormo malvagio sfiorarmi il corpo e il *woosh* delle loro picchiate squarciò l'aria. Istintivamente avevo portato le mani alla testa e non vedevo più nulla. allungai un braccio verso la mia amica. Mi resi conto che non l'avevo più sentita urlare. Mi voltai e con orrore mi accorsi che non c'era.

Allora gridai il suo nome. Il richiamo si perse nella notte, di colpo diventata più cupa.

Mi misi subito in piedi, pronto ad affrontare qualsiasi pericolo.

Niente. Era scomparsa.

Avvertii un moto di nausea talmente forte che mi piegai in due e vomitai.

"L'ho persa. L'ho persa. L'ho persa".

Come un insetto che sbatte sempre contro lo stesso vetro invisibile e non trova la via di fuga, così questo pensiero martellava ossessivamente la mia mente. non sapevo più dove andare, dove guardare, dove cercarla. Anche l'atto più naturale e semplice come respirare era diventato complesso.

Poi un suono tremendo spazzò via la bolla di silenzio in cui ero precipitato. Fu come un enorme strombazzamento, talmente potente da essere corposo. L'onda d'urto mi fece precipitare al suolo.

Alzai gli occhi e la vidi!

La serpeggiante proboscide di Erawan, il Dio Elefante, si stava muovendo. Era simile a un enorme tentacolo che frustava l'aria notturna e si dirigeva verso di me.

Mentre la scultura del gigantesco pachiderma prendeva a muoversi, io al contrario mi paralizzai come una statua.

In breve la proboscide mi agguantò ed ebbi di nuovo l'impulso irrefrenabile di vomitare. In pochi istanti i miei piedi si erano staccati da terra e già ero a diversi metri dal suolo.

***

Erawan mi stringeva, senza stritolarmi. Mi stava portando sempre più su, sempre più su. In maniera del tutto innaturale, la proboscide sembrava allungarsi per decine di metri. Fino a raggiungere il tetto della torre poggiata sulla sua groppa.

Arrivato a quell'altezza da capogiro, mi depositò gentilmente, sciogliendo la stretta con una cura da maggiordomo inglese. Poi la muscolosa appendice mobile dell'elefante si ritirò verso il basso, non prima di aver aiutato la sua bocca ad emettere un altro terrificante barrito.

Le mie viscere erano diventate un fumante groviglio di vermi.

Ero sul piccolo tetto quadrato in cima all'attrazione di Erawan. La vista sul parco di Cinecittà World era mozzafiato. Il respiro, comunque, era mozzato più dalla fifa che dall'ammirazione.

Se fossi caduto da lassù, di me non sarebbe rimasto che un impasto informe di ossa sbriciolate, qualche muscolo a buon mercato, carne giovane e frattaglie spappolate.

Il panorama dall'alto si rivelò interessantissimo, però, per un altro motivo. Rintracciai Giulietta.

Le streghe l'avevano catturata. La vedevo a una certa distanza, ma la riconobbi. Tenuta da una di loro sulla scopa, forse era svenuta.

Si stavano dirigendo dritto verso quello che da lontano mi sembrava essere il villaggio western. Le luci elettriche del parco lo mettevano ben in evidenza. Dovevo arrivare lì e il più presto possibile. Ma come avrei potuto? Mi trovavo a sessanta metri d'altezza e soffrivo pure di vertigini!

Mi guardai intorno. C'era un baule. Mi avvicinai immediatamente.

"Sulla sua groppa troverai un favoloso tesoro".

Così avevamo letto io e Giulietta all'ingresso.

"Un favoloso tesoro".

Speravo che fosse così favoloso da farmi arrivare dalla mia bella in pericolo.

Aprii il baule. C'era uno zaino. Uno zaino di tela grezza, dall'aspetto vecchio e trasandato. Lo raccolsi e lo aprii.

«Un paio di mani di metallo?!» mormorai tra me e me, al colmo dello stupore e della delusione. Erano proprio due mani buone per un robot.

«E questo sarebbe il favoloso tesoro? Stiamo scherzando?» Poi urlai, pazzo di frustrazione: «Stiamo scherzando?!»

Non ci fu risposta dal cielo indifferente.

Buttai rabbioso le mani artefatte nel baule e solo allora scoprii il biglietto che nascondeva: "Prego restituire al legittimo proprietario".

«Ma che significa?» dissi a me stesso. Parlavo da solo come fossi un idiota o un pessimo personaggio di un film scritto male.

Decisi di tenere il "favoloso tesoro". Ripensai ai tanti videogame che avevo giocato nella mia vita, masticando ore inutili davanti a uno schermo. Se una cosa ti insegnavano quelle avventure simulate, era che non sai mai quando un oggetto trovato potrà aiutarti più avanti nel percorso.

Infilai le due mani da robot nello zaino che avevo sulle spalle, stando attendo a non rovinare il tizzone di Muspell.

Erawan taceva. Anche se non smetteva di muoversi laggiù, sotto la torre.

«La torre!» ecco la soluzione. Era un'attrazione di caduta libera (la definizione mi spaventava), e questo significava che se fossi salito a bordo di una delle… (come si chiamavano? Navicelle, sostegni, capsule, non lo sapevo) sarei arrivato fino in terra.

Guardai giù. Il basso era veramente, maledettamente in basso! Dovevo scavalcare un piccolo muretto e infilarmi dentro uno dei seggiolini (sì, sembrava proprio un seggiolino) e poi… pregare. Sperando che ci fosse qualcuno in ascolto in quella notte rumorosa.

Sentivo le gambe molli mentre oltrepassavo l'ostacolo. Il vento sibilante gelava il velo di sudore comparso sulla mia pelle. Mi scombinava i capelli.

Infilai un piede. Tremavo.

«Ora non fare scherzi» sussurrai a Erawan, cioè al vuoto.

Scavallai con tale lentezza che sembravo ripreso in slow motion dalla telecamera più potente del mondo.

Il grande pilastro vibrò sotto di me. Uno schizzo di spavento infuocato mi arrivò dritto al centro del cervello. Stavo per svenire dalla paura.

Quando andavamo in vacanza con la famiglia di mia zia, facevo il diavolo a quattro per prendere il posto di sotto nel letto a castello. Quello in alto mi dava le vertigini. E ora ero a decine di metri sospeso sull'abisso.

La cosa più complicata fu infilare il secondo piede nell'abitacolo, per un attimo dovetti tenermi solo con una mano.

Un refolo di vento freddo mi fece rabbrividire e rizzare ogni singola radice dei capelli.

Feci uno sforzo di concentrazione e affidai la mia anima a chi sarebbe stato disposto ad accoglierla, prima di spiccare il balzo che mi avrebbe fatto ricadere nel seggiolino o, al contrario, precipitare verso un atterraggio dalle tinte splatter.

Capitolo 14
Lo scherzo deve mordere come un agnello

Ero solo tra i quattro seggiolini del mio gruppo. Gli altri tre erano vuoti. Così come i restanti posti nelle varie capsule. Nemmeno il conforto della paura collettiva.

Me ne stavo coi piedi penzoloni nell'abisso, a riflettere sul da farsi e con la tensione in corpo che mi annodava lo stomaco. E se fosse precipitato di botto, senza un avvertimento? E se…

GIÙ!!!

Precipitai da quell'altezza incredibile. Improvvisamente, senza un minimo segno o senza che avessi fatto nulla. L'urlo mi uscì dalla bocca come la bava di una lumaca quando percorre la sua strada: una scia sonora per la mia caduta verticale.

Sentii tutti gli organi improvvisamente accatastarsi in una piccola parte del cervello. Avevo il cuore ridotto a una polpetta, incastrata nel bel mezzo della gola. Gli occhi così fuori dalle orbite che li avrei raccolti più tardi con un cucchiaio da dessert.

Quando la capsula arrivò giù ebbe un sussulto, e poi si fermò.

Non mi ero nemmeno ripreso dallo shock del precipizio, che un pensiero fulminante mi attraversò la mente.

"E se ora risale?"

Preso da una frenesia isterica, feci di tutto per liberarmi dell'imbracatura, ma non voleva saperne di lasciarmi andare.

Prigioniero della torre.

Non mi restava che fare quello che qualsiasi eroe avrebbe fatto al mio posto.

Piagnucolare e gridare aiuto.

«Erawan, fammi uscire ti prego!» implorai, con la voce incrinata dalla disperazione. Gli occhi acquosi dell'elefantone rotearono verso di me. Mi fissò come se fossi un insetto insulso che deve essere scacciato.

Barrì sonoramente.

E un istante dopo, come se le imbracature dei seggiolini fossero un prolungamento del suo corpo (e forse lo erano), si aprì con uno scatto metallico.

Ero libero.

Schizzai fuori e mi resi conto che le gambe mi tremavano. Non mi era mai capitato un tremore così incontrollabile e frenetico.

Ecco cosa significava davvero tremare dalla paura!

Mi allontanai il più velocemente possibile dalla base di Erawan.

***

Il tempo cominciava a stringere come il laccio emostatico che la dottoressa mi fissava al braccio quando mia mamma mi portava a tirare il sangue. Odiavo le punture, come tutti.

Arrivare a piedi mi sembrava l'unica possibilità. In fondo era un parco, non una città. Non ci avrei messo tanto. Ma non avevo fatto i conti con la notte di Valpurga e con tutti i personaggi usciti dall'Inferno.

Il sentiero che dovevo percorrere era sbarrato da due mummie dall'aria poco sveglia, ma parecchio inquietante.

Ripiegai su un altro percorso.

Mi ritrovai di fronte a dei piccoli aeroplani dalla forma antiquata e dai colori vivaci. Una giostra per bambini. Lessi il cartello dell'attrazione, che prendeva il nome di Aviator.

> L'unico modo per raggiungere il grande elefante nascosto nella giungla di Adventure Land è volare a bordo degli aerei che attraversano queste terre selvagge e misteriose. Piccoli avieri, allacciate le cinture, la vostra missione è appena iniziata!

La mia missione non era appena iniziata, anzi stava volgendo al termine, e se non avessi agito tempestivamente si sarebbe conclusa anche molto male. Se è vero che con quei piccoli aerei si poteva raggiungere, nella fantasia del creatore di Cinecittà World, il grande elefante, a rigor di logica surreale si sarebbe potuto anche partire da Erawan per andare altrove.

In un altro momento avrei riso della mia stupidità, ma quella non era una notte come tutte le altre, così salii su un aereoplanino verde dalle ali dorate e con una fila circolare di lucette a incorniciare la base dell'elica. Ci stavo appena, nell'abitacolo.

C'erano un volante, una cloche e un bottone verde. E un'etichetta che raccomandava: "Sei tu il pilota, alza la leva per andare in alto, mio coraggioso amico".

Poche volte mi ero sentito così imbecille nella mia giovane esistenza. Però tentai, perché ormai ero lì e perché stavo imparando a non dare nulla per scontato.

Premetti un pulsante che subito si illuminò di verde. La giostra cominciò a girare. Mentre il più grande disastro stava per abbattersi sul mio mondo e Giulietta era finita nelle grinfie di streghe volanti, io me ne stavo a sorvolare il suolo a pochi centimetri dentro un carosello a tema aviazione.

Ero francamente ridicolo.

Spinsi verso l'alto la cloche.

E il prodigio avvenne.

Prima il biplano si alzò, restando sempre agganciato al perno centrale che faceva girare la giostra. Poi una scarica elettrica saettò attraverso i bracci che tenevano gli altri piccoli velivoli. Feci per abbassare di nuovo la cloche, ma era bloccata.

«Oh no!» gridai dando fondo a tutto il fiato nei polmoni mentre mi alzavo in volo.

Le scariche si biforcarono in rami luminosi che crepitavano tutto intorno alla giostra. Il mio biplano si staccò dal braccio meccanico e l'aria d'un tratto più fredda prese a schiaffeggiarmi il volto.

Stavo volando.

Salivo in alto e il cuore intanto sprofondava sempre più nelle viscere del mio stomaco. La paura si mangiava tutto. Anche il senso di bellezza del parco visto dall'alto.

Era come osservare la scena da un drone. Le luci disegnavano il profilo delle varie aree di Cinecittà World, facendo del luogo magnifico sotto di me una specie di mappa tridimensionale.

Dovevo controllare allo stesso tempo la mia ansia, che aveva raggiunto vette altissime, e il piccolo aereo che, neanche fosse una barchetta in balia di un mare in tempesta, ballonzolava a destra e a sinistra.

Come diavolo avrei fatto ad atterrare, se la cloche era incastrata e, soprattutto, senza un carrello con le ruote, come negli aeroplani "normali"? Questa volta portare a casa la pelle sarebbe stato un pelino più difficile.

Una raffica di vento più potente o un cosiddetto vuoto d'aria fece imbizzarrire il mio aereo, che sbandò paurosamente. Tuttavia lo tenni quasi in assetto d'equilibrio, grazie a quella specie di volante che tenevo tra le mani sudaticce.

Il villaggio western era sotto di me. Dovevo scendere. Assolutamente. Con un grande sforzo riuscii a sbloccare la cloche portandola verso il basso. Il biplano scendeva piano, senza più gli sbalzi nervosi di poco prima. L'aria si era rasserenata e il vento calmato. Forse qualcuno in quei cieli mi voleva bene e non era molto propenso all'idea che mi schiantassi.

Vidi un laghetto. L'acqua azzurrissima, sicuramente illuminata da faretti sotto la superficie, risaltava come una macchia di colore a olio, appena versata dal tubetto su una tavolozza scura.

Era lì che dovevo atterrare. Anzi "allagare". Sorrisi della mia idiozia. Tornai serio. "Come si scende con questo coso?" pensai.

Ebbi un'idea che era più simile a un'intuizione.

«O la va o la spacca!» dissi, con un vecchio motto di mio nonno.

Premetti il pulsante di accensione. La luce da verde si fece rossa.

E l'aereo cadde.

***

Precipitò come un sasso lasciato cadere da un pugno improvvisamente aperto.

Dritto in acqua. Si sollevò una fontana di schizzi e un boato sordo. Venni sbalzato fuori finendo a qualche metro dall'aereo, che si schiantò perdendo elica, ali e giunture.

Mi ritrovai nel freddo abbraccio del laghetto, fradicio e con il respiro mozzo. Ma incredibilmente ancora vivo. E lo zaino dietro le spalle intatto.

Mi trascinai verso la riva, e quando mi voltai verso il centro del lago vidi l'aereo affondare, ferito mortalmente.

«Bell'atterraggio, amico». La voce dell'uomo mi fece sobbalzare. Non lo avevo notato, nel buio della notte, appollaiato su di un grosso masso, vestito di nero e con un grosso cappello in tinta calcato sul capo.

«Mi hai fatto prendere un colpo»

«Il colpo lo hai dato tu, amico» ribatté lui, con voce rasposa. Non ne vedevo il volto, ma una voce così poteva appartenere solo a una faccia poco raccomandabile.

Feci finta di niente. Dovevo necessariamente passargli accanto se volevo dirigermi verso il set della città di frontiera.

«Hai fretta?» mi disse, inchiodandomi sul posto. Notai una piccola brace rossa che per un attimo gli illuminò il volto. Stava fumando.

«Un po' sì»

«Non hai l'aria di uno furbo» disse.

«Ah no?»

«Un uomo senza cappello in questo posto è come se avesse appeso al collo un cartello con su scritto "Sono stanco di vivere"». Sorsata di fumo. «Tu sei stanco di vivere, amico?»

Lo fissai. Davvero un tipo poco raccomandabile.

«No, credo proprio di no»

«Allora non sei furbo e basta»

«E… e come posso rimediare?»

«Prendendo un cappello»

«E dove lo prendo?»

«Te lo do io» e sbuffò una voluta di fumo dalla bocca.

«Davvero?»

«Certo. Ma voglio in cambio qualcosa»

«Mi spiace, non ho soldi con me»

«Soldi? E che me ne faccio dei soldi?»

Ci fu un momento di silenzio.

«E cosa vuole?»

«Una promessa»

«Una promessa?»

«Cos'è, la botta con l'aereo ti ha reso duro d'orecchi?»

«No, è solo che... non capisco, non sono sicuro di aver capito bene... che promessa dovrei farle?»

«Smettila di fare quella cosa che fai coi libri»

«Quale cosa?»

Il tipo vestito di nero aspirò per un'ultima volta la sigaretta e poi spense la cicca sotto la suola delle sue scarpe. Si alzò dalla grossa pietra su cui era seduto e venne verso di me con un'andatura ciondolante; sentivo il rumore dei suoi speroni che sferragliavano sul terreno accidentato. Un vero cowboy del vecchio West.

Cominciavo a sentirmi a disagio. Stanco. Impaurito. Mi sembrava di svuotarmi come un secchio sforacchiato da una raffica di proiettili.

«Io mi chiamo Pekimpah. Clarence Pekimpah. Ma Clarence non mi piace. Tu come ti chiami, ragazzo?»

«Guido Anselmo»

«Ok, amico, ecco come stanno le cose. Tu mi devi promettere di non staccare più la coda alle storie. I libri non sono lucertole, non è che poi le pagine che hai strappato ricrescano da sole».

Ah, ecco a cosa si riferiva, al mio giochetto con le pagine finali che tiravo via ai libri. Ma lui cosa diavolo ne sapeva del mio hobby?

«Lo faccio solo per scherzo…» mi difesi io.

«Lo scherzo deve mordere come un agnello e non come un cane» rispose lui secco.

Era un proverbio? O una sua frase originale? Non importava, in tutti i casi il messaggio andò a segno.

Aveva la faccia come di cuoio invecchiato e la bocca come una ferita mal rimarginata. Incuteva timore bello e buono.

«Prometti, allora». Non era una domanda.

«Prometto»

«Non mi piace chi non mantiene i suoi giuramenti»

«Io lo manterrò».

Fece una smorfia, un ghigno o un sorriso. O tutti e tre in una sola volta. Poi si tolse il cappello nero. E me lo porse.

«E come farà lei senza cappello?»

«Non preoccuparti per me, la notte sta per finire. Anzi, tu vedi di farla finire. Non ho voglia di rivedere la luce del sole e continuare a cavalcare all'infinito»

«Anche lei è della Rosa Purpurea?» chiesi.

Strizzò gli occhi come per mettermi meglio a fuoco e non rispose. Lo presi per un sì.

«Ora vai, amico, e non dimenticare...» fece il segno di indossare il cappello. Lo indossai subito.

Lui tornò al suo scoglio, io mi allontanai. Prima di uscire di scena definitivamente, gli indirizzai un'ultima domanda. «Ehi Pekimpah... Ternef lo trovo qui nel villaggio? Sa dov'è?»

«Ternef» lo ripeté con una sfumatura di ammirazione nella voce. «È qui. Prova al saloon. Di solito bazzica da quelle parti»

«Ok, grazie. Buonanotte allora»

«Non c'è nulla di buono in questa notte, ragazzo».

Che diamine mi aveva chiesto a fare il nome se aveva continuato a chiamarmi per tutto il tempo "ragazzo" o "amico"?

***

Non arrivai subito al saloon. Sarebbe stato troppo facile, no?

Fu il cappello a decidere per un'altra strada. Una raffica di vento me lo portò via. Cavalcò sulla corrente d'aria come un uccello nero e atterrò con un vantaggio di qualche metro su di me. Ero in mezzo alla larga via bordata di bassi edifici in legno. Quelli tipici dei film western. Quando toccò terra, il cappello rotolò veloce sulla strada sabbiosa e io andai al suo inseguimento.

Ma sembrava che mi prendesse in giro. Ogni volta che mi avvicinavo riprendeva a volare via. Finché si arrese. Lo agguantai con rabbia e dopo averlo spazzolato dalla polvere con manate violente che somigliavano più a una punizione, lo calcai sulla testa quasi a farlo incastrare.

Sentii una specie di richiamo sussurrato.

«Ehi, ehi tu» disse il mormorio che veniva da qualche parte alla mia sinistra. Nella penombra della notte, appena rischiarata dalla luna calante, non riuscivo a scorgere da dove provenisse la voce. Notai solo allora una luce da lampada a olio che accendeva l'interno di un edificio. Mi avvicinai con circospezione; mi separavano pochi metri.

Era l'ufficio dello sceriffo: una grande insegna di legno smangiucchiato con su scritto "Sheriff" lo indicava senza dubbio. Salii lo scalino che conduceva sull'assito del portico. La luce illuminava l'interno spoglio di quel luogo.

Dentro una specie di cella a forma di semplicissima gabbia c'era un uomo basso, vestito in modo bizzarro, con una giacca-kimono di seta bianca e con dei temi floreali stampati sopra. Aveva tratti orientali, era del tutto pelato, con un'unica treccia che partiva dal centro del cranio lucido.

A pochi passi da lui dormiva, seduto su una sedia e con i piedi dritti su un'altra per tenersi meglio, il vecchio sceriffo. Non poteva che essere lui: la stella luccicante parlava chiaro. Russava sonoramente, con ritmo sinusoidale.

«Ehi tu, aiutami a uscire da qui» mi disse il prigioniero con un filo di voce. Mi puntai l'indice al petto, come a chiedere conferma che parlasse con me.

«Certo, dico a te. Vedi qualcun altro? Prendi le chiavi appese al muro».

Con un cenno del capo aveva segnalato la presenza di un gancio conficcato nella parete di legno, da cui pendevano un grosso cerchio di metallo e delle chiavi. Un classico.

Guardai meglio la cella: era davvero poco più di una gabbia con semplici sbarre di metallo, un lettino sgangherato e un pitale.

«Come faccio a prenderle?» mi ero avvicinato all'uomo.

«Fatti serpente» disse lui socchiudendo gli occhi e annuendo.

«Eh?»

«Sii silenzioso e strisciante. Lui dorme da sasso». Certo che parlava strano davvero. Feci qualche passo verso le chiavi, ma le assi sconnesse sotto di me si lamentavano con gemiti di legno. Altro che serpente strisciante, ero silenzioso come un bisonte. Tra l'altro mi venne in mente un pensiero. E lo confessai al prigioniero.

«Perché dovrei aiutarti? Se sei dentro, hai fatto qualcosa di male. Lui è lo sceriffo»

«Io mi chiama Shangai-Li. Sceriffo non è buono, lui è al soldo delle forze del male»

«Le forze del male?»

Allora lui allungò il braccio oltre le sbarre e si tirò su la manica larga. Sull'avambraccio, a metà strada tra la linea interna del gomito e l'attaccatura del polso aveva il tatuaggio di una rosa rossa. La rosa purpurea!

«Se tu mi libera, io ti porto da uomo con sciarpa rossa»

«Ternef!» esclamai a voce troppo alta. Lo sceriffo ebbe un sussulto. Il suo ronfare s'impennò e per poco non gli cadde il cappello dalla testa. La tensione salì. Ci immobilizzammo e nell'ufficio/prigione calò un'atmosfera di sospensione.

Lo sceriffo non si svegliò.

Shangai-Li mi aveva convinto. Ebbi un'idea. Mi sedetti sul pavimento e tolsi le mie belle sneakers. Con solo i calzini ai piedi avrei fatto molto meno rumore.

"Fatti serpente" dissi a me stesso. Adesso dovevo stendermi oltre lo sceriffo, il cui corpo in bilico tra due sedie si frapponeva tra me e il gancio delle chiavi. Non c'era modo di aggirarlo. Notai che da lui veniva un inconfondibile odore di alcol. E bravo lo sceriffo: gli piaceva la bottiglia, eh? In fondo eravamo nel vecchio West, a chi non piaceva?

Dovevo allungarmi con tutta l'estensione del braccio e stare sulla punta dei piedi per arrivare alle chiavi. Perline di sudore freddo mi comparvero sulla fronte e dietro al collo, anche se avevo ancora i vestiti bagnati.

La punta delle dita sfiorò il gancio delle chiavi; c'ero quasi. Dovevo stare attento a non toccare lo sceriffo, altrimenti sarebbero stati guai. Ancora un piccolo sforzo e riuscii a chiudere il grosso anello di ferro nella mia mano.

Lo staccai dal gancio.

Le chiavi tintinnarono.

E mentre riportavo il braccio verso di me quasi al rallentatore, una goccia d'acqua dai miei capelli fradici si staccò e andò a schiantarsi sul mento dello sceriffo.

"Accidenti!" esclamai dentro di me.

A quel punto misi il turbo. Mi fiondai alla gabbia e armeggiai con le chiavi per trovare quella giusta da inserire nella serratura. Con la coda dell'occhio vidi del movimento sul lato destro.

Lo sceriffo si stava risvegliando.

«Che diamine succede qui dentro?» lo sentii bofonchiare.

Poi, mentre la chiave scattava nell'ingranaggio, fu la voce di Shangai-Li a esplodere nella stanza.

«Attento, viene sceriffo!»

Capitolo 15
Quello che conta sta in mezzo

Lo sceriffo mi fu addosso ancor prima che riuscissi a voltarmi. Mi afferrò le spalle con una morsa micidiale.

«Che credi di fare, moccioso?» biascicò. Non potevo reagire perché in una frazione di secondo mi ritrovai con la faccia schiacciata contro le gelide sbarre della cella. Ma non durò a lungo. Fu tutto così rapido che nemmeno mi accorsi dell'esatta sequenza delle azioni che mi portarono steso in terra, tramortito.

Shangai-Li era uscito dalla cella. E lo aveva colpito con un paio di mosse di kung fu. Ecco le uniche due certezze che avevo.

«Oh mio Dio, lo hai ammazzato!» urlai di spavento.

«No, lui solo svenuto. Io colpito con *shuto uchi* sul collo. Lui andato giù»

«*Shuto* che?»

«*Shuto uchi*, colpo con taglio di mano esterno» e mi mostrò cosa intendeva. La mia bocca si fece a forma di O e gli occhi si spalancarono.

«Ora andiamo, che il giorno viene» mi disse lui. Lo seguii fuori, ma prima di varcare la soglia gli chiesi: «Lo lasciamo così lo sceriffo?»

«Vuoi mettere piccola coperta su di lui?» ironizzò.

L'aria s'era fatta proprio gelida, forse anche per colpa dei miei vestiti bagnati. Shangai-Li sapeva esattamente dove andare e tagliò di netto la strada verso un'altra costruzione in legno. Era il saloon.

Davanti al portico che ne segnava l'entrata c'erano due cavalli legati alla staccionata. E un paio di uomini che chiacchieravano stancamente. Quando ci videro passare, sembrava avessero appena incrociato due fantasmi.

Non posso biasimarli: un cinese dall'aspetto assurdo e un ragazzino scalzo, vestito strano e tutto bagnato (ma almeno avevo il cappello) non sono proprio due immagini tipiche da villaggio di frontiera dell'Ottocento americano. Facemmo finta di niente e ci ritrovammo nel saloon, dopo aver spinto la classica porta "va e vieni".

***

Ci fu un silenzio improvviso. Di scatto tutti si voltarono verso di noi. Decine di occhi puntati, come mitra pronti a fucilarci.

Un tipo con la barba, seduto a un tavolo con altri due amici, vestiti da veri cowboy, si rivolse a Shangai-Li.

«Ehi, amico, è vero che voi gialli quando avete paura diventate verdi?»

Alla pessima battuta tutti gli altri risero. Uno scoppio di ilarità incontrollabile. Il mio amico non fece una piega. Con grande calma si rivolse all'uomo barbuto che lo aveva preso di mira. «Ogni paura ha suo colore. La tua ha colore marrone, forse?»

Una bomba di silenzio rase al suolo la risata collettiva. Poi il mio amico si rivolse a me con calma: «Andiamo su, Ternef è al piano sopra».

Ci incamminammo verso lo scalone che portava al ballatoio. Io avevo una fifa blu, a proposito dei colori della paura. Dovevamo superare due tavoli circolari dove tre uomini da una parte e quattro dall'altra avevano messo in pausa le loro partite a carte. Poker, probabilmente.

Al passaggio di Shangai-Li, come se si fossero improvvisamente coordinati, dai due tavoli sporsero delle gambe dritte a fargli uno sgambetto. Mancò poco che cadde, ma con incredibile agilità restò in piedi. Si fermò. Non sembrava arrabbiato, ma qualcosa cambiò nella sua espressione. Si contrassero i muscoli e mi parve diventare anche un po' più alto.

«Tu vai su, penso io a signori qui dentro» mi disse con grande calma.

Anche se con il cuore in gola, attraversai parte del grande salone e mi diressi alla scala. Guardai verso Shangai-Li, che annuì.

«Il cinesino ha detto che penserà a noi. Vediamo come fa!» Fu un tipo corpulento con una zazzera nerissima a rompere la bolla di silenzio che si era formata nel saloon. A quelle sue parole seguì un rumore di sedie che strisciarono sulle assi del pavimento.

Era un coro stonato di minaccia.

«Vai» mi comandò Shangai-li, mentre lo vedevo togliersi la giacca-kimono.

Il corpo nudo era un fascio di muscoli lunghi e ben definiti. Sul petto un altro tatuaggio, grosso e colorato: un serpente con le fauci spalancate. Fui sicuro di vederlo muoversi, quel cobra. Aprire e chiudere la bocca. Ma forse era solo un'allucinazione dettata dall'emozione del momento.

Corsi verso il corridoio del primo piano, pregando che non succedesse niente di male al mio nuovo amico, solo e a mani nude contro una dozzina di zotici presumibilmente armati fino ai denti.

***

Entrai nel corridoio su cui si affacciavano sei porte. Dal basso cominciavano a salire un fracasso di cose che si rompevano. Di gente che battagliava. E sentii anche partire un colpo di pistola. Temetti il peggio.

Dovevo andare avanti. Bussai a tre porte inutilmente, prima di arrivare alla quarta, che trovai leggermente socchiusa.

Aprii con circospezione.

«Permesso?» dissi con un filo di voce. Nessuno rispose. La stanza era ben illuminata da qualche lampada a olio alle pareti. C'era un'atmosfera calda.

«Entra e chiudi la porta» di fronte a me, di spalle, un uomo in cappotto con una sciarpa rossa e un cappello. Ma non del tipo da cowboy, più tipo borsalino. Notai anche dei guanti.

Feci come disse. Nella sua voce non c'era un ordine perentorio, quanto piuttosto una gentile richiesta.

«Signor Ternef, è lei?»

«Basta Ternef, niente signore».

Stava mettendo dei vestiti in una valigia aperta sul letto. La stanza era molto ordinata e mi colpì nell'angolo l'immagine di una grande custodia da strumento musicale. Lui, senza mai voltarsi, capì che stavo guardando proprio l'oggetto ingombrante e disse: «È il mio violoncello. Tu sai suonare?»

«No, proprio nulla»

«Peccato. La musica è la lingua universale. E a volte se conosci le sue parole apri porte che altrimenti restano chiuse. Puoi arrivare anche a salvare chi ami con la musica, sai?»

«Con la musica?»

«Qual è la tua canzone preferita?»

Questa sì che era una domanda difficile. Io non ero uno di quei ragazzi fissati con la musica. Non passavo le giornate con delle cuffie sulle orecchie a farmi dettare l'umore da questa band o da quel cantante.

«Non ce n'è una?» mi incalzò l'uomo di spalle.

Avevo una gran curiosità di vederne il volto, ma non ci riuscivo. Non so come fosse possibile: nonostante avessi fatto dei passi all'interno della stanza e mi fossi spostato più su un lato continuavo a non scorgerne i lineamenti.

Dovevo dare una risposta. E allora mi venne in mente. Era un pezzo che metteva sempre mio padre nel suo giradischi. A lui piaceva ascoltare la musica in quel modo, non con gli mp3 o dal computer. E neppure i Cd gli andavano a genio. Diceva che niente era meglio della puntina che passando nei solchi del vinile ricamava il suono.

«*Paint It Black* dei Rolling Stones» dissi.

«Oh, molto molto bene. Pezzo meraviglioso. Vediamo un po'. Hai carta e penna?»

«No...» esitai. «Perché dovrei averne?»

«Non c'è problema, io ne ho sempre un po' con me».

Infilò la mano nella valigia, raccolse qualcosa e lo sentii canticchiare la melodia della canzone che conoscevo così bene. E mentre lo faceva stava evidentemente scrivendo qualcosa su un foglietto. Quando ebbe finito, appallottolò il foglio e senza preavviso lo lanciò oltre la sua spalla, ancora senza voltarsi. Vidi l'oggetto quasi all'ultimo momento, ma istintivamente lo afferrai al volo.

«Dovrebbe essere giusto».

Scartocciai il foglio.

Non capivo. Osservavo lo spartito disegnato con eleganza con quelle note per me senza senso.

Erano insetti d'inchiostro appesi a fili del bucato.

Ternef interruppe i miei pensieri confusi.

«So perché sei qui. Vuoi fermare Voynik e ti servono le parole per accendere il fuoco e bruciare l'amuleto. Non è vero?»

«Sì, signor… cioè volevo dire Ternef e…» indugiai un attimo «…devo ritrovare Giulietta»

«Ahhh Giulietta! Nome ideale per un amore perduto» disse lui, fermandosi per un attimo, prima di ricominciare a brigare con la sua valigia. «Ma purtroppo, mi spiace deluderti, in questo momento non posso aiutarti col problema che abbiamo qui»

«Non può aiutarmi?» ero al colmo dello stupore. «Come non può aiutarmi? Ho fatto l'impossibile per trovarla. Sono ore che affronto rischi di ogni tipo…»

Alzò la mano guantata per fermare la mia protesta.

«Non bisognerebbe mai pensare di aver perso tempo, con il rammarico inutile che avremmo potuto impiegarlo meglio» la sua voce era piena, calda, avvolgente. «Anche il tempo vuole starsene leggero, a volte. Senza il pieno di soluzioni ai problemi e di fatti che si compiono. Alla fine, Guido, è la traccia delle ore vuote a insegnare ciò che è veramente straordinario».

Non avevo capito una parola. Eppure: come suonavano bene le sue parole.

«Capisco, Ternef, ma io come faccio adesso? Come fermerò tutto questo?» provai la carta della pietà.

Lui mi dava sempre le spalle. Non si voltò nemmeno per un secondo.

«Il problema non è di volontà. Io ti aiuterei pure, ma in verità non posso»

«Perché?»

«Perché non ho più sogni, mio giovane Guido»

«Cooosa?» pensai che quest'uomo doveva essere un matto completo.

«Sai che lo scienziato Lavoisier disse che nulla si crea, nulla si distrugge, tutto si trasforma? Forse ha ragione, ma se è vero che nulla si crea, è altrettanto vero che tutto si immagina. E come faccio a immaginare se non ho più sogni? È il mio modo per *vedere*. Di sentire. Di creare. Per accendere il fuoco di Muspell devo sapere e per sapere, devo immaginare, ma così...» e lasciò la frase sospesa come a significare che non era in condizioni di farlo.

Immediatamente pensai a mio padre nel suo letto. A lui che non si muoveva mai di lì. Pensai a quando diceva con voce rassegnata a mia mamma che era troppo spaventoso guardare in faccia la realtà senza le lenti del sogno a fare da filtro.

I sogni perduti.

«E come possiamo fare?»

«Non lo so, ragazzo mio. Non lo so». Poi iniziò a canticchiare... la melodia di *Paint It Black*. Aveva una voce bellissima e pure intonata: «Guardo dentro di me e vedo il mio cuore nero. Vedo la mia porta rossa ed è stata dipinta di nero. Forse dopo svanisco, così non devo affrontare la realtà. Non è facile restare a testa alta quando tutto il mondo è nero».

Erano le parole di *Paint It Black* tradotte.

"Forse dopo svanisco, così non devo affrontare la realtà". Lo diceva anche mio padre.

Stetti così, immobile, ipnotizzato da quella figura misteriosa senza volto. Poi gli chiesi: «Dove sta andando con quella valigia?»

«Ho un volo da prendere»

«Ma come? E la notte di Valpurga? E Voynik, Caligari e i loro demoni? E... e tutto questo casino? Se va via è la fine!»

«Calma, Guido, mantieni la calma. Capisci che non c'è fine? E non c'è inizio. Quello che conta sta in mezzo. Quello che conta è il momento e la bellezza dell'istante». A quel punto fece schioccare le dita e concluse così: «Ci vediamo in volo».

Tutte le luci della stanza si spensero contemporaneamente. Restai nel buio più assoluto. Dovetti fare qualche passo indietro. A tentoni ritrovai l'uscita. Passò qualche secondo e le luci ripresero a vibrare nelle lampade.

Sparito.

Di Ternef non era rimasto niente. Né lui, né la valigia, né la custodia del grande strumento.

«Come diavolo...» ero senza parole. Quell'uomo era un fantasma, un pazzo e... un poeta, come aveva detto il tenente Keitel. Le sue parole avevano il potere di scavarti dentro.

Però adesso il problema era diventato un dramma: non avevo più nessuna idea di dove andare, che fare, di come salvare Giulietta e tutto il resto.

Non mi restava altro che uscire da lì e sperare che il mio compagno di avventura fosse ancora intero.

***

Quando mi affacciai alla ringhiera del ballatoio mi si presentò davanti agli occhi uno scenario incredibile. Altro che Shangai-Li fatto a pezzettini!

Si stava infilando con calma serafica la sua giacca di seta, mentre distesi tutto intorno c'erano i cowboy, come fiori spezzati di un giardino devastato dal temporale.

«Oddio! Hai fatto tutto questo da solo?»

«Io sono l'esercito di me stesso» rispose lui, con un sorriso storto. Scesi le scale lentamente, frastornato dallo stupore e dall'ammirazione.

«Non saranno mica morti?»

«Nemmeno uno. Mai sottovalutare il potere di un *ura mawashi geri* dietro la nuca o di una *hiza ate* ben assestata. Parti per terra dei sogni dolorosi, ma la vita resta in te». Non indagai ulteriormente sull'esotico mistero di quelle parole. Suonavano come tecniche di karate o kung fu e mi bastò.

Quell'omino era una macchina da guerra a mani e piedi nudi. Lo raggiunsi al bancone, dove si era diretto per bere un bicchiere d'acqua. L'oste se ne stava in un angolo, impaurito e tremante.

«Com'è andata con Ternef?» mi chiese.

Gli raccontai tutto a grandi linee e gli mostrai il foglietto con lo spartito. A Shangai-Li non bastò.

«Tu dimmi esattamente le parole».

Con un certo sforzo cercai di ricordare le frasi chiave di quella conversazione assurda. Lui annuiva anche alle parti più strambe.

«Grande uomo, Ternef. Così come lui non ci sono»

«Ah, su questo non c'è dubbio»

«Allora sei pronto, andiamo?» chiese il mio nuovo eroe.

«Andare? Dove?»

«Prima a salvare tua Giulietta, poi a prendere un sogno per Ternef».

Capitolo 16
Ecco perché siamo qui, per suonare le sue note

La chiesetta sorgeva a non molti metri dal saloon. Shangai-Li mi ci aveva condotto. Era una costruzione appuntita, sormontata da un piccolo campanile. L'entrata era adornata da un portico tenuto su da due colonne rettangolari. Una miniatura molto carina, dovevo ammettere. Mi guardavo intorno alla ricerca di pericoli, stando sempre attento a stargli vicino. Accanto a lui mi sentivo protetto.

«Che ci facciamo qui?» chiesi al mio amico cinese.

«Ci serve della musica» rispose lui sibillino. A furia di fare una faccia perplessa mi era comparsa una ruga profonda come un canyon in mezzo agli occhi.

L'interno era angusto, caotico, polveroso, appena rischiarato da un paio di lampade a olio che faticavano a contrastare il buio. C'erano cacche di piccioni ovunque e quando un pennuto si alzò in volo dalle assi del tetto, forse spaventato, per poco non mi venne un colpo.

«Tu troppo agitato» mi disse Shangai-Li.

«E tu troppo calmo, Shangai»

«La calma mai troppa. Ricorda che nel cuore della calma sempre è tumulto e la calma batte come cuore del ciclone»

«Certo». Tra lui e Ternef facevano a gara a chi la sparava più difficile.

Quando i miei occhi si abituarono alla penombra, notai due cose piuttosto sorprendenti. Accanto a quello che restava dell'altare (un semplice tavolo di legno) campeggiava un pianoforte a muro mezzo distrutto. E poco più in là, sulla prima fila dei banchi dei fedeli, c'era un lenzuolo che copriva una figura vagamente umana, che immaginai seduta.

Roba da brividi: sembrava il classico fantasma da fumetto.

Mi avvicinai a Shangai-Li senza darlo troppo a vedere.

«Che succede qui dentro? Cosa c'è sotto quel lenzuolo?» Alle mie domande faceva da sottofondo lo scricchiolio del pavimento sconnesso che stavamo calpestando muovendoci verso il fondo della chiesetta.

Shangai-Li mi rispose solo quando arrivammo in prossimità del pianoforte. Io intanto tenevo incollati gli occhi alla figura in prima fila, avvolta nel sudario.

«Suoni?»

«Io? Nemmeno una nota. A scuola la prof di musica mi metteva un voto alto se promettevo di non avvicinarmi agli strumenti»

«Questo non buono».

Guardai il pianoforte. Veniva da un'altra epoca e il tempo aveva infierito brutalmente sulla sua struttura. I tasti, giallognoli e grigio scuro dove una volta c'erano bianchi e neri sfavillanti, apparivano sconnessi come la dentatura di un vecchio fumatore incallito che non ha mai visto un odontoiatra in vita sua.

Portava un'iscrizione elegante stampata direttamente sul legno brunito del copritastiera: "Pio Marconi – Conegliano".

«Scusa, ma che dobbiamo farci qui? Non capisco come tutto questo sia collegato alla mia, diciamo così, missione. Il tempo passa e Giulietta…»

Mi fermò afferrandomi il polso. Aveva dita lunghe per essere così basso e una presa salda da manetta d'acciaio.

«Tu devi leggere dietro parole di Ternef, non fermarti sulla faccia. Lui dice senza dire, indizia sempre, anche quando sembra parlare a *bàndera*»

«A vanvera»

«Cosa?»

«Dico: a vanvera, non a bàndera»

«Non capisco»

«Lascia stare» mi arresi subito.

A volte se conosci le sue parole apri porte che altrimenti restano chiuse.

Puoi arrivare anche a salvare chi ami con la musica.

Più o meno è così che aveva detto. Le frasi dell'uomo con la sciarpa rossa mi tornavano in mente precise in quel momento.

«Posso salvare chi amo con la musica!» esclamai, preso dall'entusiasmo della rivelazione.

«Esatto, mio tormentato amico. La musica è la chiave. E tu hai partitura per aprire passaggio»

«Ecco perché siamo qui, per suonare le sue note!» La mia eccitazione, che era salita in alto, si schiantò improvvisamente quando mi resi conto di una difficoltà praticamente insormontabile.

«Shangai-Li, ma come facciamo? Te l'ho detto, non so suonare nemmeno un Do»

«No problema. Ci aiuta Percivale».

***

Percivale era nascosto sotto al lenzuolo, seduto sulla panca.

«Ma che diavolo…» esclamai. «È un robot!»

«Lui è robot autonomo»

«Un automa!»

«Lui creato per suonare» mi rispose Shangai, mentre con la mano spolverava il cranio metallico dell'uomo-macchina che sembrava addormentato. Le parti di Percivale che uscivano dai suoi vestiti (pantaloni neri, bretelle e una camicia bianca) avevano la stessa lucentezza dorata di C3-PO di *Guerre Stellari*, quella specie di androide che nel film non smetteva mai di parlare e dare consigli, parente stretto di altri rompiscatole come il Grillo di Pinocchio e Ciuchino di Shrek.

«Percivale è robot autonomo di puro ottone» mi specificò Shangai-Li, mentre lo perlustrava cercando qualcosa sul suo corpo.

Io ero stupefatto da quella nuova meraviglia. Notai come le sue componenti metalliche riflettessero la luce delle lampade a olio e la raffinatezza con cui riproducevano gli elementi del corpo umano. La testa pelata in particolar modo, con tanto di palpebre abbassate. Sembrava dormisse. Era tutto perfetto, tranne mani e piedi, che mancavano completamente.

«Siamo messi male» commentò Shangai-Li.

«In che senso?»

«Senza mani non suona, Percivale». A questa considerazione mi scattò qualcosa nella mente. Il brivido della rivelazione mi solleticò la nuca.

«Le ho io!» dissi alzando la voce.

«Tu hai? Cosa tu hai?»

«Le mani» risposi, e mi ero già liberato la schiena dallo zaino.

Ecco a cosa serviva il tesoro sulla torre dell'enorme elefante.

Ecco perché avevo rischiato di morire di vertigini! Le mani meccaniche appartenevano a questo robot.

Le tirai fuori con orgoglio e le mostrai a Shangai-Li.

«*Tā mā de!*» esclamò il mio compagno karateka. Doveva essere una specie di imprecazione cinese. Feci anche un'espressione come a chiedergli cosa significasse, ma lui non rispose e afferrò le mani d'ottone per osservarle da vicino. Senza pensarci due volte le inserì con cautela nelle estremità monche dell'automa. Due precisi *clic* segnalarono la perfezione dell'incastro. Mi sentii un mezzo eroe.

«E ora?» dissi, guardando il robot androide ancora addormentato.

«E ora portiamolo al piano» rispose lui.

Pesava un accidente il nostro amico di metallo. Sentii i muscoli delle braccia andarmi a fuoco. Maledissi la pigrizia che mi aveva tenuto lontano da palestre e luoghi sportivi neanche fossero l'Inferno.

Con sforzo immane e con la schiena che gridava pietà, riuscimmo a posizionare Percivale sullo sgabello di fronte al pianoforte sgangherato.

«Dammi foglio di musica di Ternef» mi chiese Shangai-Li.

Mi prese il panico. Frugai dappertutto nei miei vestiti. Non c'era!

***

Se avessi saputo come fare lo avrei ammazzato.

«Ti sembra questo il momento di fare scherzi?!» inveii contro l'esperto di arti marziali che mi avrebbe steso anche se avesse avuto tutti gli arti legati. E pure gli occhi bendati.

Shangai-Li rideva divertito, con il foglietto di Ternef in mano. Non so come aveva fatto, ma si era impossessato dello spartito. La mia rabbia scemò subito. Di solito è così che funziona quando ritrovi qualcosa di prezioso che avevi smarrito: alla fine è sempre la felicità del sollievo a vincere su tutti gli altri sentimenti. Restava la domanda: "ma come aveva fatto a prendermelo se lo avevo messo in tasca?"

Shangai-Li sbottonò la camicia di Percivale rivelando il petto metallico dell'automa. Trafficò sulla superficie liscia e riflettente fino a che, premendo su un punto preciso, fece scattare un meccanismo. Dal centro del petto uscì lentamente una placca da uno sportello prima invisibile.

L'uomo estrasse la placca e ci infilò dentro, con grande cura, il foglio con le note musicali. Mi fece venire in mente l'inserimento della sim nel piccolo vano dello smartphone.

A quel punto rimise al suo posto la piastra nel petto di Percivale, che scomparve senza lasciare traccia di aperture.

Uno scatto metallico improvviso. Sussultai. Le palpebre dell'automa si alzarono, rivelando gli occhi vitrei. Mosse la testa con il cigolìo di chi aveva bisogno di una spruzzata di lubrificante. Poi fu il turno delle braccia, che presero vita con movimenti innaturali, come se il morso della ruggine ne impedisse la fluidità. Era tutto uno stridìo di parti meccaniche in azione.

Si voltò verso di noi. La faccia era inquietante perché aveva lineamenti molto ben disegnati, ma privi di bocca. Come se il suo creatore avesse dimenticato di completarlo. Dopo un tempo che mi sembrò infinito, rivolse il suo sguardo vuoto al pianoforte. Assunse una posizione da vero musicista. Quindi allungò le dita verso i tasti e cominciò a suonare.

La grazia con cui ricamava i suoni era impressionante. E imprevedibile. Dei sui gesti anchilosati di qualche istante prima non restava nulla.

Paint It Black dei Rolling Stones sgorgò nella vecchia chiesetta del far west e schiantò il silenzio.

Non ci fu tempo per la pura ammirazione, purtroppo.

Come la fessura invisibile era comparsa improvvisamente dal petto di Percivale per mostrarne la placca da riempire con lo spartito, così d'un tratto sotto i miei piedi si aprì una botola che mi inghiottì prima ancora che avessi il tempo di realizzare quello che stava accadendo.

Riuscii solo a urlare, mentre precipitavo lungo uno scivolo fatto di tornanti e di pendenze assassine. Quando toccai terra non c'era un materassino ad attutire la mia caduta o uno specchio d'acqua ad accogliermi. Franai su un pavimento di nuda terra e l'impatto non fece sorridere né le mie gambe né il mio fondoschiena.

«Tutto intero?» sentii gridare Shangai-Li da un punto remoto sopra di me. Non riuscivo più a vederlo.

«Non mi sento più il culo!» risposi io con eleganza.

Sentii una risata soffocata dalla distanza.

«Dai… tu atterrato sul morbido, allora!» disse lui.

«Sì, morbido un corno!» sussurrai tra me e me. Poi mi rivolsi a lui. «Dove sono? Che faccio adesso?»

«Musica apre porta, ora sta a te entrare e cercare. Ci vediamo, amico»

«Ehi! Come ci vediamo?» mi stava prendendo un attacco isterico. «Non mi lascerai qua sotto da solo?! Shangai-Li! Ehi, ci sei, amico?!» urlai come un dannato, inutilmente.

La mia attenzione fu distratta da suoni confusi che venivano da qualche parte, non lontano da dove mi trovavo.

A proposito: ma dove ero precisamente?

Sembrava l'entrata di una grotta di cartapesta, di quelle costruite per allestire una scena di un film d'avventura tipo *Jumanji* o *Indiana Jones*. Toccai la parete rivestita di una sorta di alga appiccicosa. Emanava una fosforescenza verdastra e un penetrante odore di muffa. Era meglio starci alla larga. Anzi, a dirla tutta sarebbe stato meglio provare a risalire lo scivolo che mi aveva portato lì sotto. Operazione forse impossibile, ma a naso mi sembrava meno "mortale" del procedere in quella galleria foderata di viscidume.

Non potevo tirarmi indietro. Se la musica suonata da Percivale mi aveva portato qui, il motivo non poteva che essere Giulietta. E il suo salvataggio. O addirittura, e questo mi dava un bell'extra di pressione, quaggiù si nascondeva il segreto per risolvere la maledizione di *Darkmare*.

***

Quando finalmente arrivai a destinazione, seguendo i rumori indistinti, avrei voluto solo risvegliarmi da quella specie di incubo che stavo vivendo.

Avevo ritrovato Giulietta, questo sì.

Ma non solo lei.

Ero giunto sull'orlo del set di Voynick.

Di fronte a me vedevo la messa in scena disturbante del regista fuori di testa.

Di fronte a me c'era il set di *Darkmare*!

Ero sbucato da una galleria ritrovandomi dietro una grande costruzione a forma di faccia demoniaca. E quando dico grande, intendo enorme.

Guardando da uno dei due grossi fori (io ci passavo in mezzo benissimo) che facevano da orbita oculare della maschera, vedevo tutto perfettamente, restando ben nascosto.

La scena era una specie di messa nera. O un rito pagano. O tutte e due le cose.

In tutti i casi era spaventoso.

Giulietta era imbavagliata e penzolava da una corda proprio sopra un grosso calderone da stregone, a sua volta posizionato su un fuoco vivido che crepitava e scoppiettava. Nel gigantesco paiolo nero sobbolliva un liquido giallastro dall'aspetto poco rassicurante. Quasi peggio della brodaglia di nonna nelle fredde domeniche invernali.

Se non fosse per la drammaticità del momento, sarebbe stata una visione tutta da ridere.

Intorno alla vittima sacrificale (la mia bellissima Giulietta, destinata al liquido bollente) si muoveva una schiera di figure infernali, tanto brutte quanto chiaramente pericolose.

Demoni, streghe, fauni, goblin e tutto il carrozzone che infesta i giochi di ruolo e le storie fantasy. Non ero mai stato esperto del genere, ma sapevo riconoscere una creatura perfida quando ne vedevo una. E lì ne vedevo un bel po'.

Poi c'era lui. Klaus Voynik. Lo identificai subito.

Vestito interamente di bianco, un completo coloniale elegantissimo, da gentiluomo, con tanto di cappello borsalino in tono.

Avevo visto solo una sua foto, che lo ritraeva poco più che ventenne, ma la sua fisionomia si era stampata nella mia memoria, anche perché avevo passato delle ore a fissare lo scatto. Di fronte a me c'era un uomo molto avanti negli anni, ma non avrei mai saputo dire *quanto* avanti.

Dai quaranta ai settanta era tutto possibile.

La pelle era ancora estremamente pallida, ma aveva perso lucentezza. C'era un velo di malattia calato sul volto ancora più scavato, sugli enormi occhi abissali, sugli zigomi sporgenti come rocce pericolose. I capelli lisci si erano fatti più radi e non erano più nero corvino, ma di un indecente biondo platino.

Nonostante queste differenze, più o meno marcate, non feci fatica a riconoscerlo e a distinguere in lui tutti i tratti essenziali della sua mente distorta.

Aveva un megafono in mano e gridava come un ossesso, col suo accento tedesco così pronunciato da sembrare, anche lui, una caricatura di un pessimo film.

«Forza forza con kvella racazza! Foglio federla scentere piano, assaporare il suo tolore. Sentire la sua sofferenza come un vento che soffia tra gli alperi! Richiamate i temoni ctoni! E foi con kvelle scope, folate senza sosta con ghigni e risate stritule!»

Ridicolo e folle. Un villain da strapazzo, se fossimo in una storia del cinema.

Non avevo la minima idea di come organizzare un piano di fuga per lei e per me. Quando il panico ti stringe il cervello non arriva aria ai pensieri e le idee soffocano miseramente.

Voynik gridava ora verso due tizi dietro ad altrettante macchine da presa. Erano gigantesche, niente a che fare con le piccole telecamere a cui siamo abituati adesso. Questi erano residuati storici, con grosse bobine di pellicola che giravano dentro corpi metallici pesantissimi.

I due tizi in questione, "operatori", come sapevo bene grazie a mio padre, che passava tutto il tempo a dirmi cose del genere riguardo ai film, non sembravano molto svegli. Anzi, per essere sinceri avevano la stessa vitalità di una coppia di zombie sazi di cibo.

Solo non riconoscevo in quel set degli orrori

il famigerato Caligari. L'artefice, a quanto mi dicevano, di tutto il maledettissimo squilibrio tra i mondi.

Caligari o non Caligari, dovevo farmi venire in mente qualcosa, prima che la mia amata facesse la fine di un tacchino americano il giorno del Ringraziamento.

A quel punto ci fu un imprevisto.

L'imprevisto, pur se ce ne dimentichiamo e lo reputiamo un evento impossibile proprio perché non lo mettiamo in conto, è una carta comunque presente nel "gioco".

E ti può far vincere una partita complicata.

Quella carta aveva come simbolo un piccolo macaco vestito da superman!

Capitolo 17
Non s'invecchia in un'ora e mezza

Super Cesar mi comparve di fronte con la faccia deformata dal solito ghigno. Quando rideva, aveva l'espressione beffarda di un pagliaccio assassino.

Fui felice di vederlo, questa volta. Ero certo che fosse morto nel Fellini Circus, invece eccolo lì vivo e vegeto.

E bastò la sua presenza a farmi sentire meno solo.

«Super Cesar! Siamo in un bel guaio!» gli dissi, sperando che mi capisse. Smise di sorridere e mi fissò. Aveva capito. Mi raggiunse con andatura basculante da ubriaco e si inerpicò sul mio corpo fino a sistemarsi sulla spalla.

«Dobbiamo liberare Giulietta» gli dissi, senza nemmeno voltare la testa. Sentivo il suo peso leggero sulla spalla e i suoi piedini mi facevano il solletico. Emise un suono stridulo. Temetti che qualcuno potesse sentirlo.

Poi, d'un tratto, senza preavviso si lanciò attraverso l'orbita aperta della porta-maschera dietro la quale eravamo. Con balzi sicuri e precisi invase il set caotico di *Darkmare*.

Voynik se ne accorse dopo qualche istante. E non la prese bene.

«*Verdammt!* Cosa ci fa kvella scimmietta nel mio set? Ki ha fatto entrare kvel prutto essere peloso nel mio film!» Aveva lanciato via il megafono e strepitava come un bambino a cui avessero improvvisamente tolto il giocattolo preferito. Le figure sataniche sul set sembravano non rendersi conto di ciò che stava succedendo.

Il regista pazzo era così infuriato che il bianco della sua pelle si accese fino a diventare rosso anguria. Finanche i capelli parvero poter prender fuoco dalla rabbia.

Raccolse una croce di ferro dal terreno. In effetti solo allora mi resi conto che la scenografia replicava un camposanto lugubre e scalcagnato, con tanto di terra battuta sparsa generosamente sul pavimento. C'erano anche alberi secchi e spogli. E sui rami se ne stavano appollaiati pigri corvi dal becco scintillante.

Klaus Voynik brandiva la croce come un'arma. Corse all'inseguimento di Super Cesar, che grazie alla sua formidabile agilità era imprendibile.

Il gracchiare dei corvi allarmati innescò l'attenzione delle creature malvagie sul set.

Super Cesar creava scompiglio, saltando di qua e di là come se sotto le zampette avesse molle incredibilmente elastiche. L'orda infernale era tutta concentrata su di lui, per acciuffarlo. Io dovevo approfittarne. La commovente azione di depistaggio della scimmietta non poteva andare sprecata. Uscii dal mio nascondiglio e corsi verso il calderone.

Giulietta sembrava svenuta, in attesa del supplizio. Era bella anche in quella posa così disperata.

Davanti a me si parò un fauno dall'aria poco amichevole.

Disse qualcosa in una lingua incomprensibile. Sicuramente non mi stava recitando una poesia di benvenuto. Mi sentii alle strette mentre si avvicinava. Reagii d'istinto, sferrando un potente calcio nelle parti basse dell'uomo-capra. Sperai che fosse abbastanza uomo, altrimenti l'effetto del colpo sarebbe stato decisamente ridotto.

Dalle sue grida capii che avevo fatto centro.

Si gettò in terra tenendosi la parte colpita. E io ne approfittai per togliermi di torno. Con la coda dell'occhio colsi una strega che si gettava in picchiata su Super Cesar. Lui strepitò di paura e scartò di lato, evitando la megera.

Intorno al grosso paiolo ribollente c'era un cerchio di figure dalla pelle infuocata e dall'aspetto regale. Non sapevo di quali demoni si trattasse, ma mi sembrava saggio non farmi notare. Non sarebbe bastato lo stesso calcio che aveva messo fuori gioco il fauno.

Feci una rapida analisi della situazione e il risultato fu deprimente.

Come avrei mai potuto tirar giù Giulietta dalla corda che scendeva lentamente, senza farla precipitare nel liquame fumante? Come potevo aggirare i guardiani infuocati del pentolone senza rimanerne bruciato? Il tempo congiurava contro di me.

«Pensa. Pensa. Pensa» mi dissi. Il cervello era inceppato, gli ingranaggi giravano a vuoto, senza partorire la minima idea. Finché non vidi una creatura non lontana da me che fece scattare una rotella nella mia mente.

Un'idea strampalata, ma pur sempre un'idea.

***

Zoomando attraverso la folla con lo sguardo, misi a fuoco un bestione decisamente pauroso. Il fisico di un campione di body-building con la testa del toro più inferocito che avessi mai visto.

Sapevo chi era, ma non mi aspettavo di vedere anche lui nella notte di Valpurga: il mitico Minotauro. E fu osservandolo con ammirazione e terrore che mi venne l'idea di sfruttare la sua forza disumana.

Certo non potevo andare da lui e chiedergli il favore di aiutarmi. Non era nei miei piani immediati farmi infilzare da corna solide o farmi rimescolare le costole dalla sua stretta mortale.

Dovevo provocarlo. Come? Sventagliando davanti al suo naso un bel rosso vivo. Leggenda o meno, era così che si faceva da anni nelle arene della corrida. Dovevo provare.

Mi tolsi la T-shirt (per fortuna rossa, appunto) e cominciai a sbandierarla al di sopra della mia testa.

Ero una figura ridicola, a torso nudo in quel trambusto assurdo, ad agitarmi come uno spogliarellista da strapazzo. Speravo che mi notasse il Minotauro, prima di qualche altro demone nei dintorni.

Funzionò. L'ibrido bestiale si accorse di me e del mio straccio rosso. Ora dovevo solo sperare che la più idiota delle idee potesse funzionare, contro ogni previsione.

Il mezzo-toro-mezzo-uomo sbuffò fumo dalle narici pelose. Il petto si gonfiò e sentii anche a distanza l'ondata della sua ferocia che montava.

Caricò a testa bassa. Proprio quello che volevo.

I suoi zoccoli scalpitavano sul suolo, producendo tante grosse esplosioni. Non c'era un muscolo nel mio corpo che non tremasse. Era così infuriato che qualsiasi cosa si frapponesse tra lui e la mia T-shirt rossa (che ora sventolavo in basso come la *muleta* dei toreri) veniva spazzato via senza tanti riguardi. Vidi letteralmente volare via un gruppetto di scheletri che non si era accorto in tempo del carrarmato di carne che stava per abbattersi su di loro.

Arretrai di pochi passi. I guardiani di fuoco mi notarono solo in quel momento. Tutto avvenne velocemente. Il Minotauro si fiondò a corna spiegate contro di me, io ebbi il riflesso perfetto per alzare la T-shirt all'ultimo momento e lui finì con tutta la sua mole spaventosa prima contro i demoni rossi (riducendoli in frantumi roventi) e poi contro il grosso paiolo.

La collisione fu talmente potente che le corna del Minotauro restarono conficcate nella pancia nera del pentolone, che intanto si rovesciava in terra. Il boato fu tremendo ed echeggiò in tutto il set di *Darkmare*.

Riuscii a scorgere Voynik, il cui volto dichiarava uno stupore infinito. Nel giro di pochi istanti quella stessa faccia si deformò in una specie di pianto isterico.

«La mia fittima sacrificale!» gridò disperato.

La sua vittima sacrificale si era risvegliata. Giulietta aprì gli occhi sul paesaggio di devastazione sotto di lei. E gridò di paura. Io la chiamai ad alta voce.

«Guidoooo!» urlò lei, non so se di felicità o di sorpresa. «Ti prego, salvami!»

Avevo messo fuori gioco il paiolo, e forse anche il Minotauro, quindi il pericolo di caderci dentro per Giulietta era scongiurato. Restava ancora il problema di come liberarla.

Non era molto in alto, se saltavo potevo anche sfiorarle l'alluce del piede. Non sarebbe bastato a tirarla giù.

Intanto Voynik correva verso di me, forse più infuriato del Minotauro, e non faceva meno paura. Il drappo rosso che accendeva la sua rabbia ero decisamente io. Avevo appena mandato all'aria la sua scena madre. Cosa ci poteva essere di peggio per un regista?

«Prentete kuel figliacco!» intimò alle sue creature. Super Cesar smise di essere interessante per i malvagi della notte di Valpurga e il nuovo obiettivo diventai io. Tutti gli occhi infuocati e rabbiosi erano puntati su di me. Non mi sarei salvato facilmente stavolta.

Poi udimmo un urlo.

***

Un urlo così acuto che se ci fossero state file di bicchieri di cristallo sarebbero andate tutte in mille pezzi, in un tripudio di schegge luminose.

L'urlo continuò, senza sosta, prolungato in un'eco che sembrava non dovesse mai spegnersi... Ebbe il potere di bloccare tutti.

Era stata Giulietta a tirare fuori dai polmoni quella bomba atomica.

Capii allora perché Klaus Voynik avesse scelto lei per quella "parte".

Lei era la perfetta "ragazza urlante" da film horror, uno di quei personaggi femminili che, colta di sorpresa e in preda alla paura, spacca i timpani con strilla devastanti.

L'orda inferocita si paralizzò.

Fu come se quell'ululato di disperazione avesse squarciato un velo. In breve, non fui più solo.

Un colpo di pistola come una rasoiata precisa spezzò la corda di Giulietta. Nemmeno io mi resi conto della velocità della mia reazione. L'istinto è sempre un passo avanti rispetto alla ragione. Comunque, raccolsi al volo la mia bella che si ritrovò al sicuro tra le mie braccia.

Mi voltai per capire cosa fosse successo e vidi un leggero pennacchio di fumo srotolato dalla canna di una pistola. Un attimo dopo seppi chi aveva sparato.

Pekimpah. Il cowboy vestito di nero che mi aveva regalato il cappello.

«Ciao ragazzo. Ne hai fatta di strada dall'ultima volta!» mi disse con la sua voce arrochita da chissà quante migliaia di sigarette fumate. Io riuscii a rispondere solo con un sorriso ebete.

Dietro di lui c'era Shangai-Li. Allora non mi aveva abbandonato.

«Corri via con tua pulzella» mi ordinò il cinese.

E chi ero io per contraddirlo.

«Vai, ci pensiamo noi a coprirti le spalle» aggiunse il cowboy. Era una frase che adoravo, l'avevo sentita in decine e decine di film e segretamente avevo sempre sognato di ascoltarla indirizzata a me.

Tutto questo avvenne in pochissimi attimi. Lo stordimento iniziale dei nostri nemici, capitanati da quel matto di Voynik, infatti, durò poco. Tutto intorno a noi si scatenò il putiferio.

E se non fosse stato per Shangai-li e Pekimpah, sicuramente le cose si sarebbero messe parecchio male. Non saremmo mai usciti da quel set degli orrori.

Mentre i due eroi a colpi di karate e di pistolettate respingevano quegli avanzi di Inferno, io e Giulietta di nuovo insieme seguivamo Super Cesar, che intanto si era proposto come nostra guida per uscire da *Darkmare*.

Ci addentrammo in una serie di corridoi tortuosi. E più si andava avanti, più si attutiva il rumore della battaglia che ci eravamo lasciati alle spalle. Nonostante questo, Super Cesar appariva nervoso. A volte si fermava e correva nella direzione opposta, lasciandoci sul posto in attesa che tornasse.

«Ma che sta facendo?» dissi, la prima volta che lo fece.

«Qualcuno ci insegue, Guido. Non ci lasceranno andare così» rispose Giulietta. Mi appariva diversa adesso. Non ero sicuro in che senso e perché. Mi sembrava provata, più malinconica. Se non fosse una cosa assurda da pensare, avrei detto che era invecchiata.

Ma non si invecchia in un'ora e mezza.

Oppure sì?

Dopo aver camminato in silenzio per un po', sbucammo in una grotta grande come casa mia. C'era un'unica uscita: una scala di legno che si inoltrava verso il buio sopra di noi. Non se ne vedeva la fine.

Super Cesar balzò sul primo gradino e poi ridiscese. Emise dei suoni disarticolati e nervosi.

«Vuole che prendiamo la scala» disse Giulietta.

Lei mi guardava. I suoi occhi brillavano di una luce così abbagliante che pareva celassero delle pietre preziose all'interno. L'avrei seguita anche all'Inferno.

Aspetta, aspetta… io c'ero già all'Inferno!

***

Non mi piaceva l'idea di salire.

«Dici che dobbiamo proprio?»

«Non c'è alternativa Guido» disse Giulietta prendendomi per la manica.

C'era un motivo per cui ero in ansia. Un ricordo del passato. Una scala come quella portava in soffitta nella casa dove abitavamo. La memoria cominciò a lavorare e una vecchia paura riaffiorò in superficie.

Potevo avere sette o otto anni. Mi ero svegliato nel cuore della notte e sentivo dei rumori venire dall'alto. Faceva caldo, era estate. Mi alzai dal letto. Senza svegliare papà e mamma mi avviai verso la scala. Ero un bambino coraggioso. Mio nonno mi chiamava Capitan Liver. "Liver" è una parola inglese che sta per fegato. E aver fegato significa appunto essere temerario.

Comunque volli andare a vedere che cos'erano quei rumori provenienti dalla soffitta. Salii lentamente gli scalini di legno e quando aprii la porta trovai una bruttissima sorpresa.

Un nugolo di pipistrelli.

Una nube alata e strepitante che quasi mi fece cadere dalla scala. Provai una paura mai provata prima.

Fu il giorno in cui morì Capitan Liver, e da quella volta, per circa tre anni, ho dormito ogni santa notte nel letto dei miei genitori.

Ecco spiegato perché quella scala ora mi stava facendo battere il cuore all'impazzata e mi stava spremendo sudore freddo dalla pelle.

«Che ti prende, Guido?» mi chiese Giulietta, che sentiva la mia resistenza. La scimmietta era sempre più nervosa.

«Non voglio salire» dissi io. «Ci deve essere un'altra uscita»

«Ma stai scherzando?!»

«Ti prego… ascoltami. So che se saliamo quella scala ce ne pentiremo. Possiamo tornare indietro».

Silenzio.

Anche se lontano alle nostre spalle, sentimmo

improvvisamente dei rumori come di passi e suoni che potevano essere voci.

«Non possiamo tornare indietro» disse lei in un sussurro e mi tirò a sé. Quando avvicinò le labbra alle mie e spalancò la bocca per baciarmi sentii tutte le mie paure scivolare via, come un torrente che avesse trovato una via per far fluire le sue acque intrappolate.

Super Cesar si mise ad applaudire. Io e lei ci staccammo ridendo. Più felici che imbarazzati.

«Fidati di me» bisbigliò ancora lei.

«Va bene, mi fido» sussurrai io.

Capitolo 18
Qui si fabbricano sogni

Non c'era niente da temere lassù. Non c'erano pipistrelli. Non c'erano i demoni di Voynik. Non c'erano apparenti pericoli. Eppure ogni scalino su cui mettevo piede facendo gemere il suo corpo di legno accelerava il mio battito cardiaco. E solo il tenere per mano Giulietta, che mi precedeva di pochi centimetri, riusciva a evitare che il cuore mi schizzasse via dal petto.

Super Cesar intanto era sparito dalla vista. Forse era tornato sul set a dar man forte a Pekimpah e Shangai-Li. Arrivammo a una botola. E quando Giulietta la sollevò, c'era la notte di Cinecittà World ad attenderci. Mi accorsi con una certa apprensione che il cielo cominciava a sbiadire. Al massimo tra un'ora, sotto la scorza sempre meno spessa del buio avrebbe cominciato a farsi strada l'alba del giorno nuovo. Sarebbe stato un disastro.

«Che facciamo ora?» mi chiese per l'ennesima volta Giulietta, dopo aver trovato riparo in una specie di piccola oasi con tanto di alberi e una specie di laghetto.

Le raccontai in breve come ero arrivato fino a lei e soprattutto la delusione dell'incontro con Ternef, anche se dovevo ammettere che se non fosse stato per lui non avrei mai trovato il set sotterraneo di *Darkmare*.

Eravamo frastornati e stanchi. Anche Giulietta sembrò accartocciata dalla delusione. Avevamo riposto in Ternef tutte le speranze e lui non aveva potuto aiutarci. Lei non si diede per vinta.

«Mi ripeti cosa ha detto a proposito del perché non ci avrebbe aiutato?» mi chiese Giulietta. Io risposi cercando di riportare esattamente le sue parole e conclusi: «Ma come si può ridare un sogno a chi l'ha perso? Credimi, parlo per esperienza, quando i sogni si infrangono non c'è colla che ne possa rimettere insieme i pezzi» pensavo a mio padre naturalmente e mi assalì una tristezza liquida, viscosa come il petrolio sulle ali degli uccelli negli oceani inquinati.

«Forse nella vita reale, hai ragione, non si può. Ma qui... siamo a Cinecittà World. Questo è il cinema Guido, la fabbrica dei sogni, no?» parlava con tono rapito, come se stesse inseguendo un pensiero alato.

«Sì… e quindi?»

«E quindi… forse Ternef ti stava dicendo qualcosa» rispose lei. Aveva ragione, in effetti: quell'uomo senza volto parlava per enigmi.

«Forse, ma cosa? Vallo a capire!»

«Non so… forse dobbiamo trovare qui dentro un posto dove poter prendere i sogni».

Si alzò in piedi.

«Cerchiamo una mappa, Guido. Una mappa del parco» le sue parole squillarono dei suoni della speranza.

«Di nuovo?» e io invece ero un grigio rompiscatole.

«Quando non sai dove guardare è alla mappa che devi chiedere dove sei e dove sarai» e questo bastò per convincermi.

***

Sei nel cuore delle favole, qui si fabbricano sogni. Se sei un bambino, o così ti senti, puoi dare una mano ai Creatori. C'è da riempire i sogni di gioia, mescolare i desideri, fare a pezzi i dispetti, cuocere le speranze, dipingere le figure, passare i colori. Sei pronto?

Lessi più velocemente di come avrei dovuto. Poi stampai un bacio sulle labbra di Giulietta, mostrando tutto il mio entusiasmo. «Sei un genio, Giulie'!»

Lei sorrise tra l'imbarazzo e la gioia.

Sognolabio era un'altra area del Parco. E dalla descrizione che avevamo letto era esattamente quello che cercavamo.

«Me secondo te funzionerà?» disse lei.

«Guarda… stanotte stiamo vivendo così tante follie, che fabbricare un sogno per il nostro Ternef mi sembra la cosa più normale del mondo».

Di fronte a noi c'era il portale di Sognolabio.

E se quello era l'ingresso, ci aspettava qualcosa di bello, strampalato, colorato e fighissimo. Riproduceva una specie di castello sgangherato e tutto volutamente storto, come se fosse il giocattolo di un bambino. Dai tetti sghembi si alzava verso il cielo una mezza dozzina di comignoli smaltati dai colori più accesi e dalle forme liquide. Sembravano di plastilina.

A decorare la costruzione, poi, c'erano bulloni, pannelli in finto metallo, grosse ruote dentate in cromie sgargianti e dalle forme arrotondate. Insomma, era un trionfo di forme e tinte rosse, verdi, blu, gialle, arancioni e così via.

«Questo posto mi piacerà» ammisi e presi la mano di Giulietta.

Corremmo lungo il viale bordato di alberi e quando svoltammo dalla curva ci ritrovammo di fronte alla pura magia.

Era un luogo delle meraviglie. Luci tondeggianti provenienti da gigantesche lampadine a bulbo illuminavano le varie attrazioni di quello che durante il giorno doveva essere il luogo preferito dai bambini.

«Da dove cominciamo?» dissi io di fronte a quel bendidio dalle atmosfere steampunk.

«Chiediamo a quei… quei… Che cosa sono?» Giulietta era interdetta, io peggio di lei.

Sognolabio brulicava di piccoli esseri che sembravano un incrocio tra i folletti aiutanti di babbo natale e dei nani da giardino. Quello che colpiva subito, oltre alla statura da miniature, erano gli abiti dai colori vistosi.

«Sono gnomi» risposi a Giulietta, dandomi

un tono da intenditore. E venni subito sbugiardato da una voce bassa e profonda alle nostre spalle.

«Faberfaber, non gnomi».

Ci girammo di scatto. E dovemmo abbassare lo sguardo ad altezza ginocchio per riconoscere la fonte di quelle parole. Era uno di loro, dal piglio deciso di chi è abituato al comando nonostante la statura da nanerottolo.

«Oh mi scusi… non sono pratico di…» non sapevo come concludere senza essere offensivo.

«Noi siamo *artefici*. Noi facciamo. Noi non bighelloniamo» disse il piccoletto, come recitando uno slogan.

«Mi scusi signor Faberfaber…» provò a dirle Giulietta.

«Mi chiamo Ersilius Leogiovildo Steccani Terzo» ribatté lui stizzito.

«Facile…» intervenni.

«Chiamatemi Stecca, se vi è di troppo incomodo nominarmi per intero»

«Grazie, Stecca…» fece lei, con grazia. «Siamo qui per dare un sogno a un nostro amico. Puoi aiutarci?» Chiesto così sembrava il desiderio di una bimba di tre anni.

Lui mosse lo sguardo da lei a me e, dopo aver sostato con disappunto sul mio volto per un po', ritornò a lei.

«Lo farò solo per te, graziosa fanciulla. Mi spiace solo che ti accompagni a persone di dubbia intelligenza»

«Ehi, come ti permetti?» mi aveva schiaffeggiato (moralmente) di fronte alla mia amata, la quale con saggezza mi trattenne, afferrandomi un braccio, e placò la mia reazione.

«Grazie, Stecca, che dobbiamo fare allora?»

Ci chiese di seguirlo e noi lo facemmo, curiosi di scoprire cosa ci aspettava.

***

Fu una missione in tre movimenti.

Innanzitutto la raccolta.

Stecca ci condusse davanti all'entrata di quella che chiamò la "Miniera della materia informe".

Ci inoltrammo oltre il varco scuro e altri due faberfaber ci fecero salire su un *minecart*, cioè uno di quei carrelli metallici che corrono sui binari e si inoltrano nelle cave.

Scendemmo rapidi, gridando a ogni curva pericolosa, a ogni sbalzo, a ogni corsa verso un precipizio. Erano come delle montagne russe sotterranee, e quando scendemmo sentii le mie gambe tremare senza ritegno. Giulietta invece era più divertita. Intorno a noi altre decine di faberfaber, privi di sorrisi e ligi al dovere come impiegati appena assunti.

Raccoglievano delle strane pietre iridescenti.

«La materia informe» sussurrai ammirato.

Giulietta si avvicinò a un gruppetto di quegli esserini e chiese il permesso di prenderne un po'. Quando provò ad afferrare una di quelle "pietre" avvenne un fatto incredibile: la mano la attraversava. Non che fosse trasparente o roba del genere. La mano scompariva all'interno di quella "cosa" colorata e non riusciva a stringere nulla.

«Oh santo cielo, che cos'è questa roba?!» esclamò, ritirando subito le dita, spaventata. «Prova tu» mi disse.

Io, curioso come un gatto che ha appena aperto gli occhi, mi fiondai a toccare la pietra prodigiosa. In effetti mi diede una sensazione al tatto che non avevo mai provato in vita mia. Era di una "consistenza inconsistente". Lo so, detto così è una cavolata spaziale, ma non saprei come altro definire la percezione di presenza che si perdeva nel momento stesso in cui si entrava in contatto fisico con quella materia.

Mi piaceva. Era una sensazione seducente e calmante. Dovevo avere la faccia inebetita. Me ne resi conto solo quando aprii gli occhi (li avevo tenuti istintivamente chiusi) e mi accorsi che tutti i faberfaber si erano fermati e mi fissavano sgomenti. Neanche stessi profanando una tomba. A quel punto ritirai anche io le dita.

«Amici... come possiamo prendere un po' di queste... queste...» Giulietta si aiutò con un gesto. Dove non arrivano le parole, si riesce a spingere il linguaggio del corpo.

«Avete i guanti *grab*?» disse uno di loro con la barba lunga fino alle ginocchia.

«I guanti *grab*?» ribattei io per capire se avevo sentito bene.

Per tutta risposta si alzarono, all'unisono, decine e decine di braccia alle cui estremità vidi mani fasciate dentro guanti celesti vagamente somiglianti a quelli che mia madre indossava per lavare i piatti.

«Senza guanti *grab* non c'è modo» disse un altro.

«Non li abbiamo» ammisi io.

Ancora una volta perfettamente sincronizzati, abbassarono le braccia e presero a scuotere la testa. Era un buffo esercito che eseguiva alla perfezione un ordine.

«Ne avete per noi?» chiese Giulietta.

«Avete mani enormi. Non esistono guanti *grab* per dita così» disse un faberfaber.

Un'ondata di mormorii si distese tra le piccole creature.

«E come possiamo fare, allora? Abbiamo assolutamente bisogno di questa materia» implorai io.

Ancora un mormorio diffuso, ancora più grosso.

«Vi aiuteremo noi» disse uno. Non avrei mai potuto riconoscerli, mi sembravano tutti uguali. Altri fecero da coro a quel faberfaber generoso. Con le loro manine guantate raccolsero le "pietre fluide" (altro termine improprio, lo so) e le disposero in tre piccoli cesti (così minuti da sembrare bomboniere tra le mie dita) dello stesso colore dei loro grab.

Li disponemmo nel minecart e quindi risalimmo, grazie alla spinta iniziale dei nostri piccoli alleati.

Quando uscimmo dalla miniera ad attenderci c'era ancora Stecca.

«Alla buon'ora» ci apostrofò, un po'annoiato.

***

Il secondo atto del processo di creazione del sogno, come ci spiegò la nostra guida, consisteva nel ridurre la materia informe a una lamina.

Mi sembrava un'operazione impossibile o quantomeno assurda. Giulietta era invece entusiasta all'idea, anche perché per farlo dovevamo utilizzare una giostra dall'aspetto bellissimo.

Stecca la chiamò il Pistilon. Da un perno centrale, sormontato da due ruote dentate color ottone, si diramavano dei grossi bracci, alla cui estremità erano fissati dei sedili imbottiti.

«Salite e tenetevi forte. Ci pensiamo noi creatori di Sognolabio a fare il resto» comandò Stecca, e a me parve di vedere l'ombra di un ghigno sulle sue labbra. Io e Giulietta ci sedemmo vicini, dopo aver fatto scivolare la materia informe dai cesti fino a un ripiano agganciato sotto ai sedili, così come da istruzioni del nostro faberfaber.

Quando il Pistilon fu azionato sentii le mie budella risalire lungo lo stomaco fino alla gola. I bracci meccanici salivano ad altezze notevoli e ridiscendevano improvvisamente con un terribile suono di schiacciamento. Andava a una velocità pazzesca.

Nella notte di Valpurga il Pistilon, da attrazione per bambini che regalava sicuro spasso, era diventato un aggeggio infernale che sbuffava vapore tutto intorno e batteva sulla materia informe con la forza di un pestello gigantesco.

Quando si fermò, ringraziai tutta la combriccola di santi in cielo perché ne ero uscito vivo, anche se sudato come l'asciugamano di un tennista.

Sudore freddo di paura. Sudore caldo di fatica.

«Piaciuto il nostro magico pestello?» mi chiese Stecca, beffardo.

«Sì, come esperienza di pre-morte mi è sembrata...» non riuscii a continuare perché dovetti fermare un conato di vomito che stava risalendo fino alla bocca.

«Tutto bene?» domandò Giulietta, che invece non aveva accusato minimamente la tortura. Io annuii, ma solo per darmi un tono.

Stecca raccolse dal vano sotto ai sedili una lamina sottile e rettangolare di quella che prima era materia informe. Ora aveva le sembianze di una enorme gomma tipo Brooklyn, di un color giallo lucente.

«Bene bene, avete un sogno giallo» disse Stecca.

«In che senso?» dissi io.

«Nel senso che ora dovrete salire in cielo a prendere uno stampo dello stesso colore per dare alla materia l'aspetto definitivo del sogno» rispose il faberfaber.

«Salire in cielo?»

«Seguitemi» quando Stecca diceva così, si metteva male.

E invece il Fluganta si rivelò pazzesco.

Era un'altra giostra-macchinario scintillante. Anche questa con un perno centrale a forma di macinino per il pepe.

I bracci meccanici terminavano con degli strampalati sedili, sotto i quali c'erano pedali da bicicletta. Dietro allo schienale c'era una specie di elica-ruota dentata, contenuta a sua volta in un disco di vetro.

Per sostenersi nel volo, davanti a noi c'era una specie di grande triangolo metallico, molto simile allo strumento musicale che si suona con la bacchetta.

Stecca ci spiegò cosa dovevamo fare. Innanzitutto, tagliò la lamina in un pezzo più piccolo e lo consegnò a Giulietta: «Vedete quei pali lassù?»

Li vedevamo ed erano parecchio in su! Troppo in su.

«Vuoi dire che dobbiamo arrivare...»

«Vi avevo detto che dovevate salire in cielo» mi interruppe Ersilius Leogiovildo Steccani Terzo.

«Pedalando?» chiese Giulietta.

«Esatto, mia dolce fanciulla» era tanto mieloso con lei, quanto acido con me. «Dovete guadagnarvi lo stampo. Per realizzare i sogni bisogna darci dentro, no?»

«Sì, ma arrivare là in alto... non è pericoloso?» dissi.

«Certo che lo è, non sareste i primi a precipitare da quell'altezza». Io e Giulietta ci guardammo preoccupati, mentre Stecca andò avanti a spiegare: «Inserite la materia dei sogni dentro lo stampo giusto. Ci sono stampi di colori diversi sui pali e voi dovete trovare quello del colore corrispondente. A ognuno il suo sogno, dico bene?»

Le sue domande retoriche mi davano sui nervi. Anzi, tutto di lui mi innervosiva, a essere onesto.

«Pronti?» ci chiese. Dovevamo esserlo per forza.

Azionò una leva e il Fluganta cominciò a muoversi. Andava in cerchio come una giostra a carosello. Però quando cominciammo a pedalare la grande leva su cui era posizionato il nostro bicisedile cominciò a sollevarsi. E più spingevamo con i muscoli delle gambe, più si alzava. Il vento cominciò a soffiarci nei capelli. Io e Giulietta sorridevamo felici.

Ci alzammo in volo con una bici, come in quella scena splendida di uno dei film che amavo di più fin da quando ero bambino: *E.T.* di Spielberg.

«Grande, Guido! Stiamo salendo, stiamo salendo!» gridò eccitata lei. Gettai uno sguardo di sotto ed eravamo in cielo. Le gambe si fecero di colpo molli e la nostra bici volante perse quota di botto. Le mie maledette vertigini!

«No, Guido… no! Pedala!» mi spronò Giulietta e io riuscii a riprendere il controllo di me stesso. Ripresi a stantuffare sui pedali. E recuperammo altezza.

Ecco la vetta di un palo.

«No, è blu...» disse lei, quando ci avvicinammo a quello strano oggetto che Stecca aveva definito "stampo".

«Vediamo il prossimo» dissi, col fiatone.

Il successivo si rivelò essere verde.

Feci appello a tutte le mie forze e proseguimmo in volo verso il terzo palo.

«È giallo, è giallo!» esclamò Giulietta. Un attimo dopo le sue mani si staccarono dal triangolo di sostegno e agguantarono l'oggetto.

«Guarda, è uno stampo a forma di pesce» mi disse. Io lo sfiorai un attimo con lo sguardo e richiusi gli occhi. Proprio non riuscivo a guardare in basso.

«Che facciamo?» chiesi.

«Sto infilando la materia dentro. E ne faccio una forma» mi rispose. Sentivo che armeggiava accanto a me. «Incredibile, lo stampo è scomparso ed è rimasto solo...»

«Cosa?» chiesi

«Guarda tu stesso!»

Sollevai le palpebre e vidi un bellissimo pesciolino giallo tra le sue mani, messe a coppa per mostrarmelo. Era di una consistenza simile a plastilina, ma ebbe un fremito come se fosse vivo.

«Chi l'avrebbe mai detto che un sogno potesse avere la forma di un pesciolino giallo» esclamai io, ma non terminai la frase ché davanti ai nostri occhi sfrecciò una temibile strega su una scopa.

La sorpresa e la paura fecero perdere a entrambi aderenza ai pedali. La nostra bici volante precipitò per qualche metro, neanche avessimo incontrato un imprevisto vuoto d'aria.

Il sobbalzo fece volare via dalle mani di Giulietta il sogno pesciforme, che cadde in basso, perdendosi nel buio. Il suo "No" urlato e disperato ne accompagnò la caduta.

«Oddio. L'ho perso!»

«No, che stai dicendo?»

«Sì, Guido, mi dispiace! È caduto!»

Attimi di autentico panico.

«Lo vedi?» chiesi io, che intanto avevo riacquistato il controllo della bicisedile.

«Nooo, è impossibile... dobbiamo scendere a recuperarlo».

La strega ci aveva visto? Non ne ero così sicuro, perché aveva proseguito la sua traiettoria senza nemmeno voltarsi verso di noi.

Dovevamo scendere, ma gradatamente.

Quando toccammo terra e Stecca fermò il Fluganta, ci chiese se era andato tutto bene.

«Non è andato bene, abbiamo perso il sogno»

«Avete perso il sogno?» Non so se era più arrabbiato o più sorpreso.

«Ci è caduto» dissi.

«Oh, per tutti i salmoni che risalgono la corrente!» imprecò. «Ma come hai potuto, incompetente che non sei altro?» Logicamente se la prese con me.

«A dire il vero sono stata io» si intromise Giulietta.

«No, la colpa è mia che ho mollato i pedali» la difesi.

«Certo che è colpa tua!» Stecca inspirò per trattenere l'ira. «È inutile cercarlo, fate prima a tornare su e farne un altro».

L'idea di pedalare ancora fino alla cima del palo mi causò quasi uno svenimento. Non ero mai stato così stanco in vita mia.

«Cerchiamolo, sarà qui attorno» provai a farlo ragionare. Però non ci fu verso. Ci diede un altro pezzo della lamina e ci disse di sbrigarci. La luce del giorno cominciava a grattare contro le pareti della notte.

Capitolo 19
Sankta fajra lumo

Forse per disperazione, forse per la voglia di mettere un punto a quella storia, forse perché ormai il meccanismo del Fluganta lo conoscevamo già: fatto sta che la risalita verso il palo dello stampo giallo, la seconda volta, fu decisamente più agevole.

Giulietta fu straordinaria. Sudò su quei pedali in maniera commovente.

Dopo pochi minuti avevamo la nostra nuova forma del sogno. Non era un pesciolino, bensì una sfera gialla. Giulietta la strinse in pugno e scendemmo con il nostro oggetto onirico appena coniato, sano e salvo.

«Bene… a chi è destinato questo sogno?» chiese Stecca, una volta discesi dalla bicisedile.

Io stavo per rispondere: «A Feder…»

«Alt!» mi fermò il faberfaber. «Non dirlo»

«E perché me l'hai chiesto?»

«Per metterti alla prova»

«Questo non sta bene col cervello» mormorai all'orecchio di Giulietta, che sorrise.

«Grazie di tutto. È stato divertente e tu sei stato prezioso» disse lei al faberfaber.

Stecca arrossì. Anche quegli esseri assurdi, allora, conoscevano il senso del pudore e dell'imbarazzo.

«Ora dobbiamo andare» m'intromisi. Giulietta annuì. Stecca fece una specie di saluto militare. Andammo via senza voltarci, ma dopo pochi passi sentii come uno strappo dietro ai miei jeans. Stecca era lì, appeso alla mia tasca.

«Ehi, che succede?» ero stupito.

Lui balzò in terra con un mezzo ghigno.

«Niente, mezz'uomo. Volevo solo assicurarmi che i tuoi riflessi fossero ancora funzionanti» e mi lanciò un occhiolino ambiguo.

Rimasi senza parole. Ma che voleva dire?

«Che succede?» Giulietta non si era accorta di nulla.

«Quello è più pazzo di un cavallo furioso» risposi.

Pausa.

«Guido, e ora? Sai dove andare?»
«Credo di sì. Forse so dove trovare Ternef».

***

Avevo notato quel nome quando avevamo visto la mappa.

"Volarium".

Un nome che era come una promessa di meraviglie, di mistero, di antico e nuovo allo stesso tempo.

«Volarium? Credi sia qui Ternef?» mi chiese Giulietta.

«Ha detto che ci saremmo rivisti in volo. Mi è venuto in mente solo questo. Chiamala intuizione o sesto senso… o intuizione senza senso». Accennai un mezzo sorriso.

Lei mi guardò e disse: «Mi fido di te».

È bello sentirselo dire, penso che siano le parole più necessarie per un essere umano.

«C'è un cartello» disse la mia amata.

Volarium è un *flying theatre*, ovvero "un grande simulatore dinamico, ricco di effetti speciali, che ti farà volare, sospeso a oltre dieci metri di altezza, sulle opere di Leonardo da Vinci e sulla Firenze del Cinquecento. Di fronte a te, un immenso schermo. Con Volarium, entri letteralmente nel film!

«Sembra parecchio… uao!» feci io.

«E anche parecchio pauroso» aggiunse Giulietta.

In effetti il grande edificio si stagliava imperioso e silenzioso contro il cielo che tendeva ai colori del sol nascente.

«Dobbiamo sperare che Ternef sia dentro, ormai il tempo sta scadendo» commentai.

***

La grande sale cinematografica di Volarium era al buio, ma una volta che gli occhi si furono abituati, le tenebre non si rivelarono così impenetrabili.

Nelle prime file, di spalle, c'era qualcuno.

Aveva alzato un braccio e mostrava dei fogli.

«Cercavi queste, no?» la voce maschile mi sembrava piuttosto familiare.

Io e Giulietta ci stringemmo l'uno contro l'altra. La paura ci avvicinava.

«Ternef? È lei?» chiesi timidamente, sapendo benissimo che la risposta non poteva essere positiva.

L'uomo sogghignò. «Naaa, Ternef è finito. Ha smesso di sognare da tempo»

«Ho paura» sussurrò Giulietta.

«Proviamo a scappare da dove siamo arrivati» proposi, parlando a bassa voce.

Facemmo un paio di passi coordinati a ritroso verso la porta, ma ci arrestammo subito. Un uomo dal volto liquefatto e dai vestiti laceri comparve sulla soglia. Al posto delle dita aveva degli artigli. Ricordava vagamente Freddy Krueger, il pazzo assassino degli incubi del film *Nightmare*.

«Hai mai visto uno zombie dal vivo?» disse di nuovo quella voce dalla prima fila e rise.

Giulietta emise un urletto di spavento. Niente a che fare con quell'allarme antiaereo che aveva lanciato sul set di *Darkmare* e che ci aveva salvato.

Comunque, la risposta era no, non avevo mai visto uno zombie da vicino e sinceramente avrei tenuto volentieri quel record ancora a lungo.

«Avvicinatevi, giovanotti. Forse non vi farò del male» disse la voce.

«Chi sei?»

«Come chi sono? Mi deludete» imitò un tono dispiaciuto.

«Caligari» irruppe Giulietta.

Sì, aveva ragione, non poteva che essere lui, il demonologo compagno di follia di Voynik.

«Bene, e ora che ci siamo in qualche modo presentati devo chiedervi con gentilezza di riconsegnarmi ciò che è mio» sollevò una mano in alto. Continuavamo a vederlo solo di spalle.

«L'*Ḥaqătat*, ragazzi» disse seccamente.

«Vienitelo a prendere, Aleister Caligari»

Oddiomio, come avevo potuto osare tanto. L'eroe da cartone animato dentro di me si era risvegliato nel momento meno opportuno.

Caligari allora si alzò e quello che vidi per poco non mi face cadere le mascelle sotto i piedi.

«Quello non è il Caligari che conosco» disse accanto a me Giulietta.

Conoscevo quella faccia.

La conoscevo perfettamente.

Mi avvicinai, come in trance. Giulietta provò a fermarmi, ma io proseguii. Mi trattenne per lo zaino, ma diedi un leggero strappo e mi liberai. La sacca restò tra le sue mani. Mi implorava di fermarmi, ma io non potevo.

Quell'uomo era mio padre.

Era lui, solo più vecchio, più raggrinzito, però era proprio lui, senza alcun dubbio.

Mi guardava con uno strano ghigno stampato sulle labbra. Non era un'espressione che avevo visto spesso sul volto di papà. Non lo temevo. Non provavo nient'altro che la voglia di abbracciarlo.

Era come se mi avesse convocato qui dalla dimensione sotterranea in cui era stato affossato dalla sua depressione, come se mi avesse chiamato perché potessimo finalmente ritrovarci a tu per tu e magari chiacchierare su che cosa vuol dire essere un padre e essere un figlio.

Giulietta continuava a chiamarmi disperatamente, ma era più forte di me e di ogni altra cosa. Dovevo avvicinarmi a lui.

«Le pagine strappate dal libro di Voynik» disse Caligari con le fattezze di mio padre invecchiato. «Non avresti dato un braccio per queste?»

Io annuii, convinto. Volevo quelle pagine. Le volevo intensamente. Mi voltai per un attimo verso Giulietta e notai che la creatura che prima era sulla soglia ora la teneva stretta per le braccia. Lei provava a divincolarsi, ma era del tutto inutile. La presa doveva essere ferrea.

Perché non facevo nulla per liberarla?

Perché invece di tornare indietro da lei, continuavo a camminare verso l'uomo e le pagine che mi sventagliava davanti agli occhi?

Ero sotto l'influenza di una stregoneria, senza dubbio. L'amuleto al mio collo era come un grosso magnete di fronte a una enorme lastra di ferro.

E poi quello era mio padre! Era di fronte a me e dovevo andare da lui. Si era alzato dal letto per venire da me, per tenermi nel suo abbraccio.

«Figliolo, lo scambio sarà equo. Tu avrai il tuo finale: ti assicuro che è roba che scotta. Un finale col botto. E io avrò il mio *Ḥaqătat* e si chiuderà il cerchio. Le porte tra i mondi resteranno aperte per sempre! Il mondo sarà uno splendido caos senza più barriere tra finzione e realtà, vivi e morti, buoni e cattivi. Il grande guazzabuglio. La sublime baraonda. L'anarchia che produce solo stelle danzanti». A ogni frase il suo tono diventava più febbrile, più esaltato.

E mi stava contagiando.

Afferrai l'amuleto. Era caldo e palpitante. Me lo strappai dal collo. Alle mie spalle un frastuono di colluttazione che mi arrivava ovattato. Ero così rapito che nemmeno mi voltai a guardare cosa stava succedendo.

Vidi nel volto di mio padre trasfigurato dalla vecchiaia una luce di meraviglia e paura.

«Presto, l'amuleto!» C'era una frenesia nuova nella sua voce.

Allungai verso di lui l'oggetto magico. D'un tratto, a pochi centimetri dalla sua mano dischiusa, avvertii una scudisciata nell'aria e subito dopo il mio polso stretto da una morsa fortissima.

Intorno al polso c'era una manetta di cotone rosso. Mi girai di scatto. Tra i sedili alle mie spalle, a poche file di distanza, c'erano Giulietta, libera, e Federico Ternef. La sua sciarpa si era allungata incredibilmente, come la lingua di un camaleonte che saetta nell'aria per acciuffare la preda al volo.

«Non così in fretta, ragazzo» disse l'uomo il cui volto restava invisibile, per il cappello a falde larghe e il nodo della sciarpa.

«Maledetto Ternef! Che ci fai qui?» gridò Caligari.

«Diciamo che questi ragazzi mi hanno riportato la voglia di fantasticare… e, mi spiace dirlo, il mio sogno è vederti ritornare da dove sei venuto. Al buio che ti appartiene» rispose lui.

Giulietta gli aveva dato la sfera gialla che avevamo forgiato a Sognolabio.

«Manca poco, vecchio demente che non sei altro» gli rispose con una vocina stridula Caligari. A vederlo meglio non riconoscevo più mio padre dietro i suoi lineamenti. E quando Giulietta e Ternef mi furono accanto, sparì ogni dubbio: quello non era papà. Provai vergogna per me stesso: come avevo potuto ingannarmi a quel modo e non riconoscere l'impostura?

«C'è ancora abbastanza tempo per spedirti all'Inferno, Aleister Caligari. O dovrei dire semplicemente: Klaus Voynik?»

Io e Giulietta ci voltammo verso Ternef.

La faccia di Caligari cambiò ancora. Si impastava e modificava come se fosse di plastilina.

Fino a che si aprì. Era una maschera di lattice, di quelle che si vedono negli effetti speciali make-up.

Dalla maschera spezzata in due, le cui parti si piegarono verso l'esterno come bucce di banana, emerse il volto pallido di Voynik.

«Eppene sì, fecchio sciacurato. Sono io, sono solo io, non ci sono altri che me. E presto sarò io a cuidare l'esercito telle ompre!»

Appena l'ultimo suono delle frasi si dissolse intorno a noi, il regista folle agì fulmineo.

Fece un balzo in avanti e afferrò l'amuleto dalle mie mani.

La sua mossa fu così rapida che non mi diede il tempo di reagire.

«L'amuleto!» gridò Giulietta.

Voynik era sul punto di fuggire quando avvertimmo un frastuono tremendo.

La gigantesca sala cinematografica cominciò a ruotare su se stessa basculando fino a diventare verticale. Una parete di sedili affacciata sul vuoto a fronteggiare il grande schermo.

Gridammo tutti, tranne Ternef, che comandò solo di reggerci forte. Anche Voynik fu colto di sorpresa e riuscì a reggersi a stento alla poltroncina su cui prima era seduto. Sotto di noi si aprì un profondo baratro.

Eravamo davvero sospesi e a me era andata peggio di tutti.

Preso alla sprovvista, non ero riuscito a tuffarmi su una delle poltrone come avevano fatto Giulietta e Ternef; ero scivolato verso il basso. Per fortuna avevo agganciato al volo la balaustra, altrimenti sarei precipitato.

Voynik aveva perso l'amuleto, che si era fermato in bilico sul parapetto della sala ruotata, a pochi centimetri da me. Feci uno sforzo disumano per allungare un braccio e arraffarlo.

Lo sentii sotto le dita con il suo calore innaturale e i suoi palpiti di cosa "viva". Con la mano destra mi tenevo alla balaustra, con l'altra stringevo il potente talismano.

«Guidooo!» gridò spaventata Giulietta.

Voynik doveva scendere solo di una fila per arrivare a me. I miei amici invece erano più distanti.

Sentii Ternef gridare a Giulietta: «Il tizzone, ora!»

Lei obbedì subito. E dal volto invisibile dell'uomo con la sciarpa rossa si alzarono queste parole arcane: *Sankta Fajra Lumo*.

***

Non avevo mai visto una fiamma del genere in vita mia. Aveva un colore così rosso da sembrare un cuore sanguinante e crepitava come se il legno gemesse di dolore mentre bruciava. La luce che emanava era pura, netta, calda.

Ternef afferrò con la mano guantata il tizzone fiammeggiante e lo lanciò nel vuoto. All'istante, non appena toccò il suolo, sotto di noi si formò un lago di fiamme.

Non mi restava che gettare l'amuleto dentro al falò appena acceso.

Ma non riuscii a farlo.

Sopra di me, Voynik mi aveva afferrato la mano: l'unico appiglio che mi teneva ancora in vita, stretto sul tubo metallico della ringhiera.

«Profa a far catere kuel amuleto e tu lo racciunci un istante topo».

Lo avrebbe fatto. La voce scellerata non mentiva.

«Tammi l'*Ḥaqătat* e ti tiro su» mi sibilò contro.

Non gli credetti.

Capitolo 20
Fu questo il nostro abbraccio

«Ricordati sempre che in futuro sarai l'uomo che hai deciso di essere oggi. È tutta una questione di scelte».

Questo mi aveva detto mio padre, qualche mese prima, dopo una tremenda sfuriata di mamma. Avevano scoperto che avevo fumato una sigaretta con quel pessimo elemento di Giacomo Uzzari della terza B.

Mio padre entrò nella mia camera, si sedette sulla sponda del letto, sospirò e sorrise.

Non rincarò la dose di mamma, ma mi parlò di scelte.

E io adesso ero a Cinecittà World, a pochi sgoccioli dalla fine della notte di Valpurga, sospeso a qualche metro d'altezza sopra al fuoco più ardente che si possa immaginare, ed ero alle prese con una scelta che avrebbe cambiato ogni cosa.

La mia vita, innanzitutto.

Avrei dato l'amuleto a Voynik e mi sarei salvato la pelle o avrei sacrificato tutto per il bene del mondo?

Dovevo decidere in poche frazioni di secondo.

Guardai dritto negli occhi Klaus Voynik e dissi le esatte parole che avrei voluto sentir dire a un eroe senza macchia e senza paura.

«Se vuoi l'amuleto, vai a prendertelo!» Roba da applausi.

Lasciai cadere l'*Ḥaqătat.*

Il regista pazzo si fermò, pietrificato nel grido che stava emettendo. Al centro del grande schermo si aprì un cerchio di luce intorno al quale si formarono rami elettrici crepitanti.

«Maledetto, cosa hai fatto!» l'urlo di Voynik era un impasto di tante voci. Dolore, rabbia, frustrazione, pura furia erano mescolate in uno strepito che gelava il sangue.

Mi sferrò una tremenda pedata sulla mano che mi teneva aggrappato. Per fortuna, dopo aver lasciato andare l'amuleto, avevo riportato su anche l'altra, così da poter contare su una doppia presa. Il dolore comunque fu indicibile. Sentii le mie dita gonfiarsi con sorprendente velocità.

Poi lo vidi avventarsi su di me.

La paura di morire mi rese curiosamente apatico. Abbandonato al mio destino. Mi sentivo pronto a lasciarmi andare.

Ma non finì così.

Vidi qualcuno gettarsi sul mio assalitore. Realizzai che era Giulietta. Balzò dalla fila in cui si trovava, più in alto, per atterrare sulle spalle di Voynik.

Il nostro nemico provò a liberarsi dalla presa. Barcollò paurosamente, mentre entrambi cominciavano a perdere di consistenza.

Sì… diventavano trasparenti e si restringevano, si raggrinzivano. I loro contorni sfumavano. La loro pelle si faceva spettrale.

Giulietta si voltò verso di me. Vidi scintillare una lacrima nel suo occhio. Mi disse in un sussurro: «Non mi dimenticare, Guido».

E quando l'ultimo suono si spense nella mia testa vidi entrambi precipitare oltre la balaustra. La mia amata Giulietta e l'orribile Klaus Voynik. O quello che restava dei due.

Di fronte all'irreparabile, decisi di raggiungerla. Stavo per lasciarmi andare, ma le sorprese non erano ancora finite. Le mani guantate di Ternef mi afferrarono e con una forza imprevista mi tirarono su, fino a mettermi in piedi.

«Non è il caso di perdersi ora, ragazzo. Sei stato in gamba e lei ha fatto quello che doveva fare»

«Ternef, rivoglio Giulietta!» piagnucolai.

«Siamo ombre, Guido. Siamo ombre che devono tornare al buio. Tu hai tutta una vita davanti e hai luce. Tanta luce ancora» la sua voce ora echeggiava. Non vidi il suo volto nemmeno in quel caso. Non l'avrei mai visto.

«Guai a mescolare l'ombra con la luce, ne viene fuori un pasticcio» fu la sua ultima frase.

Sentii un fruscio di vento e il cappello di Federico Ternef volò via. La sciarpa rossa lo seguì un momento dopo, arrampicandosi in aria come un serpente alato.

Al posto del volto c'era del fumo. un fumo che si dissolse come nebbia. Il cappotto, i guanti, i pantaloni caddero a terra, svuotati. Non rimase nulla.

Sentii un barrito lontano che si spegneva nella notte.

Poi la fessura luminosa nello schermo si richiuse come una ferita che si rimargina all'istante. Anche il fuoco sotto di me era sparito.

L'enorme sala di Volarium sembrava un'enorme cavità svuotata. Eppure, ero io quello che si sentiva davvero spoglio.

***

Quando uscii da Volarium, Cinecittà World mi sembrò il posto più tranquillo del mondo. Il cielo rischiarato dalle tenui tinte dell'alba era bellissimo. Ebbi la sensazione che quello fosse il primo giorno della mia vita.

La main street newyorkese, in cui io e Giulietta eravamo capitati all'inizio di quella notte indimenticabile, adesso era immobile. Pura scenografia. Gli aerei su cui ero partito alla volta del vecchio West erano semplici riproduzioni di una giostra per bambini. Nessun pistolero sfidava i nemici lungo il viale sabbioso del villaggio di frontiera. Il sommergibile *Aquila IV* era fermo come un pilastro d'acciaio. Tutto taceva, insomma, a parte il rumore dei miei passi. Ero stanco come mai lo ero stato in vita mia e nella testa ronzavano mille pensieri, mille immagini e già mille ricordi.

«Guido!» una voce mi strappò al mio discorso interiore. Mi voltai e vidi la faccia assonnata di

Fracassi, il guardiano. Salutai con un solenne movimento del capo. Anche parlare mi sembrava un atto molto faticoso.

«Ma che ci fai qui? Non stavi dormendo?»

«Scusa, Fracassi… volevo vedere il parco alle luci dell'alba» risposi io lentamente.

«Vieni dentro, che fa freddo e mi metti nei guai» disse, venendomi incontro.

Lo seguii senza fare tante storie. Mi voltai un'ultima volta, nella vana speranza di rivedere Giulietta emergere dalle ceneri della notte. Ma queste cose accadono solo nei film a lieto a fine.

Entrammo nel palazzo degli uffici e della guardianìa e attraversammo un corridoio. Seguivo svogliatamente Fracassi, trascinando i passi appesantito dalla sonnolenza e dalla tristezza che avevo dentro.

Poi qualcosa attirò la mia attenzione. Quello che vidi mi diede uno schiaffo così pieno da farmi risvegliare all'istante.

C'erano delle foto di scena attaccate alle pareti. Ma non semplici foto di film. Erano scatti in cui riconobbi persone e personaggi con cui avevo vissuto quella notte. In uno c'era Pekimpah che scherzava con un paio di altri pistoleri, sul set di una pellicola western. Era lui, anche se meno imbronciato e serio rispetto a come lo avevo conosciuto.

Incorniciata in un'altra foto in bianco e nero riconobbi Marlene! E con lei, sulla sua spalla, Super Cesar. Anche quella era la scena di un film. C'era anche una targhetta: "*La signora dei macachi*, 1951."

«Eh, ti piace Marlene Blauengel? Buongustaio» disse alle mie spalle Fracassi.

«Sembra una tipa in gamba» dissi io, e sapevo a cosa mi riferivo.

Lui rise. «Una donna in gamba... e che gambe!» e lo scroscio delle sue risate si fece più potente.

Pensavo di ritrovare anche Giulietta in mezzo a tutte quelle foto tratte dai backstage di film girati negli studi di Dinocittà (in un paio di immagini c'erano pure Shangai-Li e il tenente Keitel con il suo equipaggio, tutti concentrati intorno al regista che dava indicazioni).

Purtroppo, di lei non era rimasta traccia. In fondo, il film che doveva fare con quel pazzo di Voynik/Verruto/Caligari non era mai stato girato veramente.

Un po' deluso mi avviai verso la fine del corridoio, ma subito prima di uscire un'ultima foto afferrò il mio sguardo e lo tenne ben stretto.

Un ingrandimento enorme di uno scatto in bianco e nero. C'era un tizio con gli occhiali seduto su una sedia di legno, su un marciapiede, intento a (far finta di) suonare un violoncello. Di fronte a lui un uomo con una macchina da presa in mano, che probabilmente stava girando quella scena. E più in là, relegata un po' sullo sfondo ma sullo stesso marciapiede, c'era la custodia di quel violoncello con un cappello poggiato sulla cima e una sciarpa rossa annodata a quello che doveva essere il collo dello strumento.

«Federico Ternef...» mormorai e sorrisi. «È questo il tuo volto?»

***

Fracassi fu così gentile da accompagnarmi alla fermata dell'autobus. Chiesi all'autista di svegliarmi alla fermata del mio paese, perché di sicuro mi sarei addormentato. E così fu. Mi feci tutto il viaggio con la testa poggiata al finestrino, immerso corpo e anima in un sonno buio.

Quando tornai a casa, mia madre stava preparando la colazione. Mi fermai sulla soglia della cucina e la vidi di spalle. Sentii un getto d'amore caldissimo farsi strada dalle parti del mio petto. Lei si voltò e mi sorrise.

«Già sei tornato?» Non sapeva nulla, pensava avessi trascorso la notte dal mio amico.

«Mi sei mancata» risposi, per una volta dicendo la verità.

Il suo sorriso si trasformò in risata.

«Ma ti senti bene?» non era abituata alla mia tenerezza. Gli adolescenti sono esseri senza cuore.

Non risposi e la raggiunsi. L'abbracciai forte.

«Mai stato meglio» dissi, con la testa premuta contro la sua spalla. Lei stette un attimo così, indecisa su come reagire. Poi mi abbracciò a sua volta.

«Sei la mia croce e la mia delizia, lo sai?» mi disse con tono morbido. «Ma molto più delizia, sicuramente» aggiunse.

Quando mi scostai da lei, le chiesi: «E papà?»

Si rabbuiò un po', lo notai. Poi fece un gesto indicando l'interno dell'appartamento.

"A letto, che domande!" mi risposi da solo. Avevo voglia di lui. Avevo voglia del papà che da troppo tempo era sprofondato. Avevo voglia delle sue risate e delle sue battute. Avevo voglia di rivederlo in piedi senza un pigiama cucito addosso. Avevo voglia di rivederlo giovane e scacciar via la sua immagine falsa, inquietante, assurda che aveva assunto Voynik per tendermi un inganno.

«Va' da lui» disse mia madre, con quella capacità tutta materna di leggerti nel pensiero.

***

La stanza era ancora impregnata dell'odore della notte appena trascorsa. Mio padre era affondato nel mare spiegazzato di lenzuola e cuscini. Sembrava essersi ridotto ancora un po', lì in mezzo.

«Papà» sussurrai. Non ebbi risposta. Mi avvicinai al letto e lo fissai. Era lì e mi mancava. Non c'è nostalgia più amara di quando avverti la mancanza di chi è ancora nella tua vita. Di chi c'è e non c'è allo stesso tempo.

«Papà. Sei sveglio?» alzai di una tacca il volume della voce. Lui aprì gli occhi. Galleggiava il vuoto in quello sguardo.

«Buongiorno» dissi.

«Ciao, Guido» finalmente mi rispose. Le parole si trascinavano dalla sua bocca stanche e deperite.

«Come stai?» chiesi.

Lui accennò un sorriso e disse: «Steso».

Sorrisi anche io. Ma durò poco. Era una battuta, ma suonava triste.

«Ti va di fare qualcosa?» ci provai.

«Forse più tardi»

"Sì certo, più tardi" pensai sconfitto, ma dissi: «Ok»

«Non vai a scuola?»

«No, oggi no»

«Perché?»

Alzai le spalle. Ci fu silenzio.

«Ora riposo un po', va bene? E poi più tardi, semmai, facciamo qualcosa».

Quel "più tardi" si estendeva da mesi, irrealizzato.

Lo salutai e mi avviai alla porta, ma una sua domanda mi bloccò all'istante.

«Che hai nella tasca?»

Mi voltai verso di lui.

«Che tasca?»

«Quella di dietro, dei pantaloni».

Restai un attimo così, perplesso. Poi guardai verso la tasca e ci infilai la mano. Non potevo credere ai miei occhi. E se credevo a loro, non riuscivo a credere che fossi ancora sano di mente.

Era il pesciolino giallo.

Era il primo sogno che io e Giulietta avevamo creato a Sognolabio.

Come diavolo ci era finito in quella tasca?

«Che cos'è?» chiese mio padre.

«Un sogno»

«Un sogno? Ma che stai dicendo?»

Doveva essere stato Stecca. Lo aveva infilato lui nei miei jeans, prima di lasciare il posto dei faberfaber. Sì, era saltato giù dalla tasca dicendomi che voleva testare i miei riflessi. Stava mentendo, aveva trovato il sogno a forma di pesce giallo e me lo aveva regalato. Ma perché lo aveva fatto?

«Sì, è un sogno papà, l'ho fatto io con le mie mani e con l'aiuto di una mia grande amica. Ti piacerebbe, non esistono ragazze come lei» e anche questa era pura verità.

«Tieniteli stretti entrambi allora. Un sogno e una persona speciale, cosa c'è di meglio per vivere felici?»

Mi venne un'idea. Strampalata come tutto quello che mi era accaduto quella notte. Mi avvicinai a mio padre. E allungai la mano verso di lui.

«Questo è per te»

«Per me?»

«Sì, è quello che ti ci vuole. Un sogno».

Mio padre raccolse il pesce giallo e si mise a sedere. Una luce brillò nei suoi occhi. La faccia si distese, i lineamenti si fecero di colpo più luminosi.

«Grazie, Guido... è... è bellissimo».

Sorrisi.

«Che dici se esco da questo letto e facciamo una passeggiata al mare?»

«Al mare? Adesso?» forse ero io a sognare.

«Sì, è una vita che non ci andiamo. E in questo periodo la spiaggia è perfetta»

«Dici sul serio?»

«Dico sul serio. Dai, dammi cinque minuti che mi alzo e mi metto qualcosa di decente addosso».

Sentii una bomba di felicità scoppiarmi in petto. Tutto il nero dei pensieri più cupi fu raso al suolo. Di tutti i prodigi di quella notte strabiliante, questo era di gran lunga il più incredibile.

«Allora ti aspetto in salone» dissi io.

«Non ti farò aspettare a lungo, sono mesi che lo stai facendo».

Avrei voluto abbracciarlo, ma mi trattenni. Faceva troppo finale melenso da film tv.

Mi limitai a sorridere. E lui mi sorrise di rimando.

Fu questo il nostro abbraccio.

FINE

Indice

Nella stessa collana:

Anne Goscinny, Catel **Il mondo di Lucrezia** *(sei edizioni)*
Anne Goscinny, Catel **Il mondo di Lucrezia 2**
Anne Goscinny, Catel **Il mondo di Lucrezia 3**
Sabina Colloredo **Fuoco nel bosco. I ragazzi della Quercia Storta** *(due edizioni)*
Anne Goscinny, Catel **Il mondo di Lucrezia 4**
Catherine Kalengula, Magalie Foutrier **Le creazioni di Agata e Lola 2. Tutti per Benji!**
C. Acerbi, E. Caillat, M. Guidi **Millo & Cia - Avventure scout. Il mistero del palazzo maledetto** *(due edizioni)*
Reggie Naus, Mark Janssen **I pirati della porta accanto** *(due edizioni)*
Charlotte Habersack, Fréderic Bertrand **Non aprire questo pacco. Morde!** *(due edizioni)*
Brigitte Kernel **Mi chiamo Albert e ho un sacco di problemi**
Christelle Chatel **Il lupo e il leone** *(tre edizioni)*
Sabina Colloredo **SOS messaggio in mare. I ragazzi della Quercia Storta**
Anne Goscinny, Catel **Il mondo di Lucrezia 5**
C. Acerbi, E. Caillat, M. Guidi **Millo & Cia - Avventure scout. L'ombra della sera**
Angelo Di Liberto **Lea** *(cinque edizioni)*
Charlotte Habersack, Fréderic Bertrand **Non aprire questo pacco. Sbava!**
Reggie Naus, Mark Janssen **I pirati della porta accanto. Alla conquista del parco!**
Pippa Curnick **Indaco Wilde e le strane creature di Jellybean Crescent**
Charlotte Habersack, Fréderic Bertrand **Non aprire questo pacco. Azzanna!**
Bertrand Puard **Agenzia del brivido. La scuola del terrore**
Anne Goscinny, Catel **Il mondo di Lucrezia 6**
Catherine Kalengula, Magalie Foutrier **Le creazioni di Agata e Lola 3. La nuova vicina**
Reggie Naus, Mark Janssen **I pirati della porta accanto. Ninja all'attacco!**
Clémentine Mélois, Rydu Spiessert **Notte di paura. Troppo sale nella pasta** *(due edizioni)*
Pippa Curnick **Indaco Wilde nelle Terre Sconosciute**
Beppe Tosco, Francesco Tosco, Alessandro Sanna **La notte delle spazzature viventi** *(due edizioni)*
Siphano, Léonard Bertos, Giuseppe Quattrocchi **Siphadventure. La strega dei mari**
Bertrand Puard **Agenzia del brivido. La scrigno maledetto**
Sabina Colloredo **L'uragano. I ragazzi della Quercia Storta**
Clémentine Mélois, Rydu Spiessert **Notte di paura 2. Lo scienziato pazzo**
Brigitte Kernel **Mi chiamo Charlie Chaplin e darò gioia ai tempi moderni**
Aniela Lay **#Lady Whisper. Una teenager nella Londra regency** *(due edizioni)*
Anne-Gaëlle Balpe, Ronan Badel **Il diabolico libraio**
Christine Féret-Fleury **I tre moschettieri. D'Artagnan**
Costanza DiQuattro **La baronessa di Carini (due edizioni)**
Benjamin Lefebvre **La musica di Dale**
Philippe Nessmann **Houston, abbiamo un problema!**
Graci Kim **L'ultima Stella. I clan magici di Koreatown**
Luca di Gialleonardo **Dolcetti Micidiali. I Fuoriposto**
Aniela Lay **#Lady Whisper. Il ballo più "in" della Londra regency**
Fabien Clavel **Unlock! Fuga da Camelot**
Graci Kim **L'ultima Luna. I clan magici di Koreatown**
Philippe Nessmann **Sacagawea. La nativa americana che partecipò all'esplorazione del Far West**
L.F. Baum **Il Meraviglioso Mago di Oz**
L.F. Baum **Il Fantastico Paese di Oz**
Anne Goscinny, Catel **Il mondo di Lucrezia 7**
Charlotte Habersack, Fréderic Bertrand **Non aprire questo pacco. Brucia!**
C. Acerbi, E. Caillat, M. Guidi **Millo & Cia - Avventure scout. Il tesoro sepolto**
Reggie Naus, Mark Janssen **I pirati della porta accanto. 1, 2, 3... All'arrembaggio!**
Max Finch **Maud West - Lady detective. Una matrioska di misteri**
AA.VV. **Le farfalle nello stomaco**
Manlio Castagna **Darkmare. Notte infernale al parco del cinema**